青春回眸

诗歌大系

2010—2011

《诗刊》社◎编

李少君◎主编

西南师范大学出版社

国家一级出版社　全国百佳图书出版单位

图书在版编目(CIP)数据

青春回眸诗歌大系. 2010-2011 /《诗刊》社编；李少君主编. -- 重庆：西南师范大学出版社, 2021.8
ISBN 978-7-5697-0716-8

Ⅰ. ①青… Ⅱ. ①诗… ②李… Ⅲ. ①诗集 - 中国 - 当代 Ⅳ. ①I227

中国版本图书馆CIP数据核字(2021)第081329号

青春回眸诗歌大系2010—2011
QINGCHUN HUIMOU SHIGE DAXI 2010—2011

《诗刊》社　编　　李少君　主编

项目策划：蒋登科　张　昊
责任编辑：张　昊
责任校对：王玉竹
装帧设计：王　冲
排　　版：杜霖森
出版发行：西南师范大学出版社
印　　刷：重庆荟文印务有限公司
幅面尺寸：160 mm×235 mm
印　　张：22.75
字　　数：341千字
版　　次：2021年8月 第1版
印　　次：2021年8月 第1次
书　　号：ISBN 978-7-5697-0716-8

定　　价：98.00元

当代诗歌的“青春回眸”时刻

李少君

仅仅百年的新诗，很长时间被认为只是一种“青春写作”，多少暴得大名的诗人，终身靠的是年轻时的成名作。成名作即代表作，一度成为一种诗歌现象。于是，有人说：诗歌只属于青春。

并且，他们还振振有词，郭沫若之《女神》、徐志摩之《再别康桥》、艾青之《大堰河，我的保姆》、卞之琳之《断章》、海子之《面朝大海，春暖花开》、张枣之《镜中》等，都是青春的激情产物，此后，就再难超越自己的高峰。

诗歌真的只属于青春吗？对此，我不能苟同，杜甫的“暮年诗赋动江关”如何理解？赵翼的“赋到沧桑句便工”呢？大诗人歌德愈老愈炉火纯青，还有里尔克说的“经验写作”以及所谓的“晚期风格”，等等。

确实，青春本身就是诗。海子更是将很多人对于诗的印象定格于“青春时刻”。这些，确实是天才的火焰和光芒。

但伟大的诗人，一定是集大成者，无论青年、中年或老年，都会杰作频出，高峰迭起。还是说杜甫吧，青春时代的“会当凌绝顶，一览众山小”，中年的“国破山河在，城春草木深”，再到后来的“窗含西岭千秋雪，门泊东吴万里船”，晚年的“飘飘何所似，天地一沙鸥”“无边落木萧萧下，不尽长江滚滚来”，哪一首不是一挥而就，震古烁今！

但为什么中国新诗一直停留在其青春期？我想过这一问题，原因极其复杂，既有历史的，也有现实的和诗人自身的。

首先，这与中国现代性的曲折有关。百年中国多灾多难，时运多蹇，频繁的战乱、洪水、地震和社会的急剧变迁，诗歌的艰难积累建设不断被破坏中断，过了一段时间又得重来。二是诗人们自己的原因，诗人总是想充当时代的号角，但时代在不断转变之中，为适应时代，诗人急起直追，但也无法跟上步伐，诗人无法安心下来专心诗意的雕琢，荒废了手艺。三是中国现代性尚在进行之中，指望仅仅百年的中国新诗走向成熟，独自创立巅峰，可谓痴心妄想。想想古典诗歌吧，从屈原到李白、杜甫，可是有着千年深厚沉淀千年变革创新的。

所以，百年新诗仍在行进之途中。但希望亦在这里，正因为尚未完成，就有自由，有空间，有潜力，就人人皆有可能成为当代李白、杜甫。自由诗，这新诗的另一名称，恰恰道出了其本质。自由地创作与创造吧，未来一定是你的！

诗歌就是自由的象征啊，未来、前景、希望，都在这自由之中！

“青春回眸”诗会创立于2010年，是《诗刊》“青春诗会”的升级版，是《诗刊》打造的又一个诗歌黄金品牌。青春诗会，在中国诗坛已占据太多的神话、传说，被誉为诗坛的“黄埔军校”，被誉为进入诗坛的“入场券”。但其实，青春诗会应该只是青年诗人在诗坛的第一次亮相，应

该说还只是一个开始，一个不错的起点，但后面的路还很长，还远不是结束，更不是顶峰。所以，“青春回眸”诗会的入选标准是：年过五十仍持续地保持着活力和创造力的诗人。这，才是成熟诗人的标志和象征。这，也才是中国新诗逐步走向成熟的漫漫长途之中艰难跋涉着

的一支支劲旅。

百年新诗,也恰好走到了“青春回眸”的时刻,在经历向外学习消化西方现代诗歌、向内寻找吸收自己古典诗歌传统精华之后,又经历了向下的接地气的夯实基础的草根化阶段,如今,是到了融会贯通向上超越的时刻!寻找中国新诗自身独特的发展道路和精神面貌,是中国新诗自由、自发、自觉的自然之路,是创造性转化创新性发展的必然之路。而这一切,都将在“青春一回眸”之中展现!包括中国气质、中国气派、中国气象等。

所以,“青春回眸”历届诗会的诗歌选本,必然有更繁华的风景,等待你去尽情欣赏,那是当代诗歌最壮丽最宏伟的风景!

目　录

CONTENTS

总　序　李少君：当代诗歌的"青春回眸"时刻 …………………… I

2010

张学梦
代表作·现代化和我们自己 ……………………………04
新　作·淡蓝色的星球 ……………………………13
随　笔·如果时代呼唤，缪斯就会响应 ……………………21

杨　牧
代表作·我是青年 ……………………………26
新　作·生命之树常青 ……………………………30
随　笔·好诗不过近人情……………………………39

张新泉
代表作·好　刀 ……………………………44
新　作·笑得像金子一样……………………………46
随　笔·雀，麻雀的雀 ……………………………54

贾　真
代表作·蓝花花 ……………………………58
新　作·黄土亲人 ……………………………60
随　笔·阳武河与写诗 ……………………………70

徐敬亚
代表作·四季，像四个妻子围在我的身旁 ……………74
新　作·青海及其他 ……………………………76
随　笔·刚生了一窝小狗 ……………………………82

孙晓杰　代表作·陈家山矿难之后……86
新　作·点灯辑……87
随　笔·诗歌的前途……94

大　解　代表作·百年之后……98
新　作·更深的天空……99
随　笔·生活的背后……107

华万里　代表作·风吹过花朵和文字……112
新　作·心灵锦绣……114
随　笔·惊　喜……122

郭新民　代表作·一棵树，高高站着……128
新　作·过冬的柴火……131
随　笔·让诗歌的血液在生命中流淌……139

刘向东　代表作·母亲的灯……144
新　作·草　原……146
随　笔·诗歌与真理……153

孙武军　代表作·在杭运河码头（节选）……158
新　作·三条河流……162
随　笔·更好的诗……169

车延高　代表作·现代的唯美……176
新　作·心有千千结……177
随　笔·业余时间也要务正业……185

彭　敏　王　觅：美好青春共回眸……189

2011

西 川
代表作·题王希孟青绿山水长卷《千里江山图》……204
新 作·鉴史及其他……206
随 笔·这十年来……212

柯 平
代表作·烟囱上的雨燕……216
新 作·女工毛妹(组诗)……218
随 笔·做人与作诗……225

欧阳江河
代表作·谁去谁留……228
新 作·生日诗篇(组诗)……230
随 笔·难以割舍的精神乡愁……242

林 雪
代表作·苹果上的豹……246
新 作·未完成的生活(组诗)……248
随 笔·后街上遗落的诗篇……259

陈东东
代表作·奈 良……262
新 作·幽暗之香(组诗)……263
随 笔·年 代……272

商 震
代表作·扬州遇雨……276
新 作·一闪而过(组诗)……278
随 笔·三余堂散记(节选)……286

大 卫
代表作·某一个早晨突然想起了母亲……290
新 作·深呼吸(组诗)……292
随 笔·小句子……300

马 叙 代表作·鳄鱼醒来 ……304
新 作·灵魂的舞蹈(组诗) ……306
随 笔·在雷声中停顿 ……315

阳 飏 代表作·纪 念 ……318
新 作·山河多黄金(组诗) ……319
随 笔·歪 说 ……326

高 崎 代表作·箴 言 ……330
新 作·照耀与发现(组诗) ……331
随 笔·幸运:靠近诗就是靠近天才 ……336

漫天鸿 代表作·我也成了测天的好手 ……340
新 作·人与世界的对话(组诗) ……341
随 笔·让诗歌的光辉照耀我一生 ……346

杨志学 赵 四 唐 力:青春再回眸,诗溢楠溪江 ……349

诗刊

2010

青春回眸诗会

张学梦

1940生，河北丰润人。河北省作家协会第五届副主席，文学创作一级。1979年开始发表作品。1982年加入中国作家协会。著有诗集《现代化和我们自己》等。长诗《现代化和我们自己》获全国1979—1980年中青年优秀诗歌奖。《祖国振兴的时刻》《胚芽骚动的城市》分别获1982年、1987年河北省文艺振兴奖。1980年参加第一届“青春诗会”。

代表作 现代化和我们自己

一

当然不能说
苦恼是欢乐的孪生兄弟。
可是，就在我们给现代化建设
剪彩的最欢乐的时刻，
苦恼也悄悄地占据了
我心房的一隅。
望着
我们宏伟的目标，
我突然感到
精神的苍白、
肺腑的空虚。
仿佛我是腰佩青铜剑的战士，
瞅着春笋似的导弹发呆；
仿佛我是刚刚脱掉尾巴的
森林古猿，
茫然无知地
翻看着四化的图集。
我苦恼
知识库房的
贫困，

脑海里
那几毫升文化之水，
已经濡不湿龟裂斑斑的
干涸基底。
“什么是现代化?
你能为她干些什么?
你掌握着哪一种科学武器？……”
难道能这样响亮回答——
“我无知。”
相信吧
这是一条生硬的淘汰法则，
相信吧
这是一条无情的进化规律：
跟上队伍的
一同前进，
掉队的
终被丢弃。
怎能设想
叫奔驰的时代列车
停下来，
再等你
半个世纪?!
问题是尖锐的，
谁也不能回避！
那么，思考这个问题吧——
现代化和我们自己。

二

党的十一届三中全会公报
响起新颖的汽笛，
她像历史唯物主义的新篇
豁然把我启迪：
过去的
已经刻写在
纪念碑上，
辩证法
很自然地
淘汰着过去。
向前看吧！
重要的永远是现实和未来，
任何东西都会陈旧的——
知识、经验、生命、荣誉……
为了获得永不衰竭的力量，
必须不断地把新的营养
汲取。
我读着公报，
看见一扇布满铆钉的大门
吱扭扭打开，
灿然展现出
四化远景的壮丽；
看见公报上的铅字

突然向我飞来，
飞来一片陨石雨般的问题：
“你将怎样去实现新时期总任务?
你用什么去推动社会生产力?
思想的银燕有没有从额顶起飞?
臀上小生产的胎迹有没有擦去?
你能看懂四个现代化的蓝图吗?
哪些科学家的头像是时代的标记?
你认识电子、核糖核酸和数码吗?
你掌握哪些先进的生产技艺?
你能飞跃吗?
一秒钟几公里?
你懂得几种语言?
能驾驭哪些客观规律?
……
只有革命的热情?
只有发达的肱二头肌?
已经不够了！很不够了啊……”
是的，我知道！
请放心吧，我不畏惧
这些陌生的课题，
现代化建设需要的新知识，
我决心去获取！
为了不成为永久的傻瓜，
为了能担起历史责任，
我——学习。

三

一间破旧简陋的小屋
冒着沥青的有毒烟气，
这里埋藏着
科学的双星——
居里夫人和居里。
他们在干些什么？
不知疲倦地搅拌着
矿渣，
像一对
古罗马的奴隶。
你知道吗？
那把打开原子时代大门的钥匙
就是从那几十吨矿渣
和他们的心血中
提取。
怎能不赞美
那水晶一样透彻的心灵？
那创造性的艰苦劳动？
那锲而不舍的毅力？
同志，当代需要一个科学的灯塔
当你需要榜样的时候，
我建议
向居里夫妇

学习！
不学无术不过是清醒的白痴，
炫耀愚昧粗野早该受到鄙夷，
浮到现代科学文化的水平线上来吧，
别像沙蚕似的匍匐海底。
祖国的四个现代化刚刚起步，
愿我们都能和她并驾齐驱。
人的现代化容易吗？
这可不能比作
换换帽子或衬衣，
哲学上
这是个痛苦的扬弃过程，
如同一只第四纪的猴子
艰难地攀缘着
一道道进化的阶梯。
但是，
和我一样吧，
满怀信心地跨上
新的征途，
不承认自己
是根朽木，
或是一只
不能摆脱介壳的牡蛎。
投入四化的熔炉
任其冶炼，
躺在铁砧上

接受锤击。
我们可以造就!
只要实践那句能动的格言:
学习! 学习! 再学习!
当然,不是唱一阵高调了事,
不是镀层金镍之类闪光的东西;
要像居里夫妇! 像镭!
而不要还是——
精美包装过的——
垃圾!

四

也许,我说得
过分严重了,
你看,我们的日常生活
不是更加平和安谧?!
确实,这个转变
既不像一块大陆的沉没,
也不像一条山系的隆起。
但是,我却感触到
这场静悄悄的革命
是多么深刻、
严厉。
我知道,我还必须
用几箱子药皂
把装心思的地方

彻底洗一洗；
铲除阴暗处的苔藓
和洪泛过后
沉淀的污泥。
像消灭霍乱杆菌
和梅毒螺旋体那样，
消灭
封建的、资产阶级的
低下心术，
用红色的十一届三中全会公报
把全身的血液
重新过滤。
必须这样。
站在同志们中间
心灵不但充实活跃，
而且洋溢着
共产主义道德的纯正气息。
我知道，私生活
并不是个人的珊瑚礁。
像金属晶格似的
一幢幢宿舍大楼的
每个房间，
都上演着时代的戏剧。
家庭
这个摆着双人床、
小书架和碗橱的地方，
这里

你作为丈夫妻子、
父母和儿女，
不是中国式的山寨主，
不是小恺撒、伊凡雷帝。
尽情地爱吧，
像马克思、燕妮那样
真挚而热烈，
为什么不可以倾诉缠绵的心曲？
为什么不可以欣赏盛开的雏菊？
四个现代化
不要求我们变成
冰冷的“机器人”，
相反，
她将使我们的情感
更加丰富而细腻。
努力使自己现代化吧！
难道这不是一个
烧着了眉毛的问题？
在二〇〇〇年的门槛上
挂着这样一块木牌：
“愚昧无知的人勿进！”
是真的！是真的！！
学习吧！！！
现代化的人们啊，
我赞美你。

1978年12月30日

新作　淡蓝色的星球

现代性

——和我自己

她是我的艳遇　一个华美的期许
她到来　把我的东方变成筑巢的工地
她摊开我魂牵梦绕的蓝图
却不动手　帮我拆迁垒砌

她是我的神往　但不接受我的皈依
她的眼神烁动着　怜悯和揶揄
“你的蜕变不彻底”
她发现我抱着传统的尾鳍

她是我的信仰　但不为我施洗
她对我的虔诚半信半疑
我承认　我已足够芜杂和尖刻
我的案头　纷然杂陈着吊诡思维的工具

她是我的彼岸　却不是我的水手
她站在对岸　闪着胴体　挥动手臂
淡然瞅着我　泅渡搏击

她知道　我若即若离　同时逢迎引力和斥力

她是我的路径　但不承诺抵达
她知道　我是永远的胚芽和毛坯
在向现代性朝圣的队伍中
我与前导者并肩　也与殿后者同步同舆

她是我的启明和北斗　一个斑斓的希冀
最美好的那种可能性　经由理性主义的孕育
她是我七弦琴上　一根白炽的琴弦
我是她艰难叙事的晨歌小夜曲

未来学

站在诗歌外边,听未来学论辩
一冰一火,一阵逻辑的晕眩。
仿佛两面神献上的蒴果,
仿佛旋转或静止的牛顿色盘。
面对金色:不要低估了智慧生命的力量,
面对灰色:熵增不可逆转。

我深度迷恋,齿轮的预言,
我近似偏执地抒写,工业礼赞,
相信淫巧器具和数字魔幻,
能迅速组装一个,人工伊甸园。
我倾向:青涩犀利的新思维,

我喜欢:羊水淋漓的新概念。

偶尔也掉进悖论的硫酸池,
经不住后现代的解构与浸染,
当沙尘暴,从春天的裂缝袭来,
重金属和碳……露出狰狞的嘴脸……
我们抛出的占卜的镍币悬在半空
无法确知落地时,朝上的是哪面……

颓废很短暂。骚动的形而上
又一味的五月:菜花黄灿灿,番茄红艳艳。
臭氧会再生,重补天穹,
荒漠会退却。再现莺歌燕舞,碧水涟涟……
知识有能力平息造物的怒火,
理性有能力节制原欲的泛滥。

新哲人会伴随新日,一起临盆,
新情思新诗句会及时绿化空旷的心田,
地球文明方兴未艾,一再柳暗花明
新垦地不乏新源泉……
相信吧,一路上,天使们高举着火把,
喜鹊会及时衔来远方的绿橄榄金请柬。

然而我依然迷茫惶惑
总觉得如履薄冰、达摩克利斯剑高悬。
混沌中,我们未必能控制某只振翅的蝴蝶,

相反的想象和结论:同一个逻辑的起点。
谁能确定,我们的认知和抉择不犯错误?
谁能确定,幸运之神已为我们布置好下一个驿站?

风玫瑰

——感受存在

当夜幕降落　当霍金的轮椅飘向天河
我也禁不住去造访　遥远的星座
时空真的弯弯曲曲　虚粒子真的聚散莫测
一群群鲜亮的黑洞　毒水母般悄然擦过
我在宇宙边缘登上　暗物质堆起的悬崖
发现另一些宇宙在别处　另一番景色

逶迤的强子对撞机很像伊甸园那条蛇
我们的老朋友　又爬出来教唆
这次　它打开时间隧道的门扉
要我们再偷智慧树上的苹果
已经不关那甜蜜的原罪　却关涉另一种冒犯
这次它领我们偷窥　宇宙分娩的时刻……

地球仿佛我的血球
如今她的每粒原子分子都连着我的魂魄
我巡回各地　参加每一个世界日　国际节
与熟悉家园的人们一起吟哦和思索

我分分秒秒盯着红移和天空漂移的大地
为她或然的命运迹象　时而庆幸时而忐忑

虚度着繁衍着消费着创造着梦想着
人类浑浊的活力又遇凌汛的阻扼
我们似乎正经历新一轮炼狱
我们似乎已找到救赎的符咒　切中跃迁的脉搏
我们建造乐园　也打造方舟
我们被乐观主义照耀
我们被悲观主义肥沃

背对神龛时　我惊讶地发现了自己
看到一个人个体独立的
灵魂经络血肉骨骼
我收到了划时代的礼物
也触电般感受到惶悚困惑
我必须伸展双臂　追逐太阳
我必须接过一个人　生命史书写的权责

精神边界　一再颠覆性开拓
为思想的自由飞翔　提供了辽阔
我们匆匆杜撰的新话语
催生着新季节的新花朵……
我对这无边无际的空虚欣喜若狂
我高兴我卷入了这真空能量形成的
新意识的旋涡

祛魅的世界开始还魅
一种没有形式的客观力量把我统摄
如此精美如此玄奥　如此的安置和恩宠
怎能排除终极神圣的用心和工作
我不知道它在哪里　但知道它一定在哪里
仁慈地关照着我们　宽容地佑护我

没必要太在意　宇宙的膨胀或塌缩
也许当时空终结　我们已搬进另一个宇宙的房舍
我们感受的存在风景　存在真义
怎能抽离　我们的通俗人生　当下生活
就在清晨　多情的南风撩拨多情的炊烟
就在傍晚　我们沉溺其中的市井喧嚣
万家灯火……

女　友

在我的精神花园里，
你永不凋谢的绚丽，永不衰退的旖旎，
盛夏来了，金秋来了
但春天没有离去……

我曾不忍触碰
路边那朵初放的俏皮的波斯菊，
因此我已高贵和惆怅了半生，并继续

高贵和惆怅。
因此你的五月铜版画般镂进我心肌。

尽情摇曳吧，歌唱吧，芬芳吧，
尽情享受生活、爱情和荣誉，
不会惊扰，也不想驻足留痕，
在你虚掩的心灵深处，我只是轻风一缕。

想象采摘的宴会上，
你定会留意一把边缘的空椅，
举杯之前，你会瞥一眼庭院小径，
暗中盼望一个人意外出席。

是的，我曾许诺陪你散步，
当你两鬓染霜，步履蹒跚，喧嚣沉寂，
还是在空蒙的形而上的原野，
我将非常高兴你又孩子气地挽住我手臂。

走很长很长的路，
拾很多很多的坚果，
时而口若悬河，时而缄默不语，
心照不宣，小心翼翼；
别超越了两棵银杏树的距离。

更多时候，一如既往，
为了什么，或不为什么：

你不着边际的谈论，你热爱的，珍重的，
我不着边际的编造，我的粗糙格言，笨拙警句。

随笔 如果时代呼唤,缪斯就会响应

今年夏初,我与诗歌理论家苗雨时有过一次短暂的相聚。我们自然聊起了当下诗歌。按着惯常的黑白思维:他肯定了当下诗歌创作的多元繁荣,也指出了当下诗歌精神的困顿与无奈。我蜗居一隅,视野偏狭,阅读范围有限,无法置喙。但谈到诗歌创作的未来和应然景象,他的独唱立刻变成了二重唱。我参与进来。我对当下中国诗歌充满理想主义、乐观主义期待。我们聊得很热闹。我们之间的重叠共识有两点。

第一,走向现代性是当下诗歌发展的大趋势。

那以人为本的、理性主义的、被科学认知的、被最高伦理法则照耀的、审美的……诗歌中国与世界……

这似乎是当然的。不论你乡土或工业、自然或城市,不论你庙堂或民间,不论你传统或先锋前卫,不论你现代、后现代,不论你女性、男性,“50后”“90后”,不论你叙事或抒情,不论你秉持什么哲学和美学的旗帜,不论你个体化写作或宏大叙事,不论你逃避或担当,不论你刺猬或狐狸,不论你现实或超现实,不论你主流或边缘……不论你在诗歌生态系统中处于何种位置,我们都共时地处在同一场域板块,并历时地向着世界的现代化现代性漂移推进……事实也是这样。当下中国诗坛散发着这种气息。当下中国诗人全体也都自觉或不自觉地跋涉在这条精神维度上……

关于这一点,在陈超的《打开诗的漂流瓶——现代诗研究论集》和苗雨时的新著《走向现代性的新诗》中，都有基本的表达和描述。

我们的第二点重叠共识是：这是一个呼唤中国诗歌巨人并正在形成中国诗歌巨人的时代。

●世界诗人：开放的中国，地球村，全球化时代。随着祖国的和平崛起，必将产生具有全球视野，关怀全人类命运的世界公民式的中国诗人……

●现代工业文明的诗人（现代化现代性的歌者）：这似乎是不言而喻的。在中国如此迅速深刻的工业化、城市化进程中，这一主流文明形态一定会在精神上、美学上造就它的歌者……

●民族、国家诗人：在人类整体文明的发展中，在世界多元文化的交响曲中，发出中国文化的声音……

●心灵诗人：在哲学意义上的自我与他者之间，缪斯必将派出她的使者……

●哲理诗人：关于宇宙，关于自然，关于科学认知，关于人类精神，关于价值与伦理，关于人文思想终极关怀、生态意识、对话意识、存在与虚无、时间与空间、生存理由、宗教、未来……

●大自然诗人：为一株地丁、一只磷虾，为一个蓝藻、一个微生物写一首诗；为自然造化、我们的宇宙，为每一个星座、每一颗星、每一粒尘埃，风，闪电，写一首诗……

●人的诗人或生命诗人：面对自然，面对宇宙，面对存在，面对神，面对人类，面对历史社会，面对梦想，面对终极，面对自我与灵肉，面对他者……需要一百个礼赞人与生命的中国诗歌巨匠崛起在人类文明的地平线上……

●玫瑰诗人：当爱情遭遇科技的无情解构、柳叶刀的无情宰割，当爱情日益被鄙俗化、物质化、娱乐化、消费化、技术化的时刻，只有诗人能唤醒人们对爱情的记忆。恢复它自然的、人文的价值、魅力和神圣性……

●科学诗人：赞美人类的智慧、认知能力，科学技术的神奇力量，每一座纪念碑和雕像，每一项新知新发现，以及科学带来的福祉……

●永远的先锋、前卫、探索、实验性诗人：开拓人类精神的处女地，挑战人类思维的极限……

●新乡土诗人、宇宙诗人、环境诗人、知识叙述性诗人、史诗诗人……

应该相信，在新的人类精神家园建设中，这样的中国诗人群体，必将灿然走上世界诗歌的圣坛。

事实上，当下中国诗歌精神蕴含着成为所有这些诗歌巨人巨匠的干细胞。那写下了无数经典精彩诗歌的老中青中国诗人正在困惑和突围中日益显现出他们的伟大身影。

如果时代呼唤，缪斯就会响应。关于这一点，苗雨时在他2003年9月发表在《诗刊》的《一个需要诗人创作重要的诗的年代》中就发出了召唤和预言。

向着现代性，向着人类精神的新巅峰，向着伟大与卓越，中国诗人在前进。

杨　牧

1944年出生，四川渠县人。1964年到新疆工作，1989年回到四川。1982年加入中国作家协会，文学创作一级。著有诗集和文集20余部，诗《我是青年》获全国首届中青年诗人优秀诗作奖。1980年参加第一届“青春诗会”。

代表作 我是青年

人们还叫我青年……
哈……我是青年!

我年轻啊,我的上帝!
感谢你给了我一个不出钢的熔炉,
把我的青春密封、冶炼;
感谢你给了我一个冰箱,
把我的灵魂冷藏、保管;
感谢你给了我烧山的灰烬,
把我的胚芽埋在深涧;
感谢你给了我理不清的蚕丝,
让我在岁月的河边作茧。
所以我年轻——当我的诗句
出现在人们面前的时候,
竟像哈萨克牧民的羊皮口袋里
发酵的酸奶子一样新鲜!
……哈,我是青年!

我年轻啊,我的胡大!
就像我无数年轻的同伴——

青春曾在沙漠里丢失，
只有叮咚的驼铃为我催眠；
青春曾在烈日下暴晒，
只留下一个难以辨清滋味的杏干。
荒芜的秃额，也许是早被弃置的土丘，
弧形的皱纹，也许是随手画出的抛物线。
所以我年轻——当我们回到春天的时候，
你看看我，我看看你，
哈……我们都有了一代人的特点！

我以青年的身份，
参加过无数青年的会议，
老实说，我不怀疑我青年的条件。
三十六岁，减去“十”，
正好……不，团龄才仅仅超过一年！
《呐喊》的作者
那时还比我们大呢；
比起那些终身不衰老的
年轻的战士，
我们还不过是“儿童团”！

哈……我是青年！

嘲讽吗？那就嘲讽自己吧，
苦味儿的辛辣——带着咸。
祖国哟！

是您应该为您这样的儿女痛楚，
还是您的这样的儿女
应该为您感到辛酸？

我，常常望着天真的儿童，
素不相识，我也抚抚红润的小脸。
他们陌生地瞅着我，歪着头，
像一群小鸟打量着一只恐龙蛋。
他们走了，走远了，
也许正走向青春吧，
我却只有心灵的脚步微微发颤……
……不！我得去转告我的祖国：
世上最为珍贵的东西，
莫过于青春的自主权！

我爱，我想，但不嫉妒。
我哭，我笑，但不抱怨。
我羞，我愧，但不自弃。
我怒，我恨，但不悲叹。
既然这个特殊的时代
酿成了青年特殊的概念，
我就要对着蓝天说：我是——青年！

我是青年——
我的血管永远不会被泥沙堵塞；
我是青年——

我的瞳仁永远不会拉上雾幔。

我的秃额，正是一片初春的原野，

我的皱纹，正是一条大江的开端。

我不是醉汉，我不愿在白日说梦；

我不是老妇，絮絮叨叨地叹息华年；

我不是猢狲，我不会再被敲锣者戏耍；

我不是海龟，昏昏沉睡而益寿延年。

我是鹰——云中有志！

我是马——背上有鞍！

我有骨——骨中有钙！

我有汗——汗中有盐！

祖国啊！

既然您因残缺太多

把我们划入了青年的梯队，

我们就有青年和中年——双重的肩！

1980年8月14日北京虎坊桥

新作 生命之树常青

老树心境

在路上走累了在心里休息
在心里走累了在路边休息

走得好累
走日月走晨昏
走荒途走野径
走流沙在身边层层剥落
走流云在天空飘曳无踪
终于走成一棵老树

记忆衰退，林子外是
一条河，河对岸是
一座村庄，村对岸是
一棵小树——小树是彼岸
还是此岸来着？

回眸很苍茫很遥远
遥远的省略
筛下一片斜光的金粒
拾得起的都是警句

炎日杰作的斑驳躯体
每道龟裂都视线深邃

是的,老了。对岸的小树
是自己,自己就是对岸的小树
之间只隔着一条河
河在小树和老树之间
小树和老树在河之间
老树就是一条沉重了的河啊

河水好稠,血液好酽
鼻黏膜浓得聚千种味道
遂成一位长者的庄重
血液走浓了在心里清纯
世界走酽了在大野宁静
老树不作顽童的风骚
只荫庥后土
泰戈尔最崇高的是那蓬银髯

承认老也是一种勇敢
赢得孤独是最高自信

风　景

我们曾经为无数的景致
所倾倒,并且,差不多要

叫出声来：嗨，这世界！
真是妙得不可思议
除了全知全能的神
不会再有第二种力量
能够造就

那时我们惬意无比
无比惬意也小心翼翼地
摄取着，不愿放弃
一瓣山光，一线水色，一缕葳蕤
一朵燃霞倒影的弧度
甚至禁不住合上双掌
害怕它会脱手而飞
像在最幸福最完美的时刻
自己对自己失去信心

这是途中
常有的事。也终究没人
永远留住那些最好的好东西
它们去了，因为我们要转过身
我们在途中，我们
无法不同道路一道远行
只有在一些专为恋旧
发明的胶版上
留下彼时彼地的真实

梅雨季节，我们会心烦意乱地
翻腾出那些家珍来
默默地注释，喃喃地补充
寻不见的
疑心是最珍贵的那张
翻箱倒柜，如掘古墓
不惜搬动最沉重的物件
因此面庞一天天失血

翻腾了许多许多年月
站起来腰背有些酸痛
这时看到墙上的镜才大吃一惊
他已怆然
两鬓斑白

铜剑鞘

我曾经豪情万丈
归来却空空的行囊
——流行歌词

这一回轮到我来做剑鞘
两只袖管以宽厚的闲适
罩住两柄紫色的器物
两手插在袖筒里
插成一对清冷的

铜剑

剑在袖中渐渐温暖
如同三千里的雪路
缩成胸前
将近两尺长的记忆
雪在下着，也在化着
南方透着火焰的白色

冬天了，我们已经无事可干
笼着器械
也算一笔金属的财富
那些杀伐大坂的日子
那些死亡谷的日子
那些雁舞鹰歌的日子
都在我的鞘囊中昏睡

很想学古人抚剑而歌
怎么突然唱不出声来
有一支歌曲过分悲怆
我抽出剑柄，搁在
妻子的小手里，对妻说
西征的将士还未输光

化雪了，也还在下着
重新将剑插进鞘管

以免袖子
软成一截空皮囊
睡吧，好剑
有你在我的果腹之中
我就在你的锋芒之上

岭上桑

厚厚的绿油油的叶子
撑一片野魂罩于岭上
岭上桑
曾从哪朝哪代绿起

叶间的女子
总是这么盈盈地走过
篮里的笑声千古不绝
蚕虫儿爬过隐隐的脉络
岭上的行人
心里有被咬的感觉

这时你有献身的悲壮
有怜爱天下女子的豪气
岭上桑
一片片地燃着和亮着
一片片地野着和绿着

是不是在唐朝的诗中
行于陌上的那些女子
我们熟读过多少年
沧海桑田，千回百转，桑椹
仍在伤感的深处
浓醇如昨

显然你比我先到一步
或者我更先你而到
直到领先自作多情
岭上桑，装满篮子
就愀然而去。将我掷在
一片秋天的禅意里
萍水相逢，谁是主人谁是客
擦肩而过，半是稔熟半是生

隔夜的茶

时光把一种味道划开
成为两岸
中间是水
总想倚水回泅而去
对岸是昨夜的味道
一个世纪之前的味道

那些经过那时的天光

那时的月色绿化的叶片
熏制，研磨，醇化的叶片
和那时的水
浸泡的香茗
每一片都有滋有味

初饮时刻所有的味蕾
都喧闹着，像春天的河
一片融融
清纯，温馨和一种气流
飘溢着叫人满口生津
不知夜幕
何时已经降临了一次

味道都是品出来的
过去的味道尤其在现在
更酽更浓。回味使人
常想做些真诚的傻事，想
再泡一次，再冲一次
或者再让
沉积的物质翻腾一次

不幸的事情也就因此发生了
时光把色香划归昨天
人不可能第二次饮到
同一口茶，茶不可能

反复冲沏而不变好味

这时索然

还不愿想到

最好是让它原封不动

或者,干脆另泡一杯

随笔　好诗不过近人情

参加《诗刊》的"青春回眸"诗会被要求写一篇"创作谈"，我基本不写诗已经多年，但又不能不"交卷"，只好写一篇"不创作谈"，亦即不写诗还要说诗。

不写诗而说诗，就好比站着说话不腰疼，不谙其中三昧。但细想起来也未必，首先，我自己就是写诗的，且写过多年，不然现在哪有资格来"回眸""青春"？再者，即使这些年不怎么写了，但爱好并未稍减，诗是常读的，还不包括长期以来作为编辑的职业性读诗。上述中的任何一项都可为我签发说诗的"许可证"吧？

多年以来，在诗坛出现频率最高的语词大约要数"好诗"二字了。写诗的想写出好诗，编诗的想编出好诗，各种研讨活动之类也总是呼吁写出更多更好的诗来，总之，"人间要好诗"吧。但什么是好诗，就像有一百个读者就有一百个哈姆雷特，很难有个统一的标准。到了一些玄乎诗人和玄学诗歌理论家那里，更会说得比天文学还要繁复深奥。我就从来不大在意那些高论，而始终记着不知何时从哪里进入记忆的清人张问陶一首最简明的说诗的诗，并有意无意将它引以为自己的一条基本准则：

名心退尽道心生，如梦如仙句偶成。
天籁自鸣天趣足，好诗不过近人情。

尤其是那句“好诗不过近人情”。

近乎人情便是好诗，这要求是不是也太低了？诗歌本来就是情感领域的东西，难道还有“不近情”的？如果历史不过分健忘，我们这一代（当然包括我自己）在中国某一将文艺彻底“工具化”的特定时期，真还写过“不近人情”甚至“太不近人情”的诗。谁要忘记那些荒诞，就是忘记新诗曾经遭受的蹂躏。20世纪80年代诗歌复兴的重要标志，就是使诗歌回归了自己，回归了人性，回归了人，从而使读者觉得诗歌有情有义，有肝有胆，如同一个可以彼此贴近、彼此搀扶、彼此温暖的远足中的同行者。这些都似乎无须再多饶舌了。

但问题并未到此为止。诗歌作为人类精神的诗性呈现和诗人个体心灵的高度主观外化，不归自己不好，太归自己了好像也比较麻烦。自20世纪80年代以来，诗歌又走了很远的路，各种风光、各种景致“尽在山程水驿中”，其丰富和多姿多彩已使20世纪80年代显得黯淡。一些年轻、更年轻的诗人起点就很高，当初最先锋、最前卫的那套，他们看来已是“小儿科”而对其多有不屑，尤其在诗歌的主体性上走得更远。但遗憾的是，读者与诗歌之间却出现了令诗人最不愿听到的“疏离”二字，好像从过去那种休戚与共变成了互不相干的路人。这原因肯定是多方面的，但其中一条或许就与“人情”有关。

世界上的许多谬误，有时就喜欢从一头滑到另一头去。

比如，情要近人情。人们之所以要读诗，总是因为他们有需要，除了写诗者有看看“行情”的动机之外，多数人还是心灵所需。诗靠什么去感染他们？当然最基本的还是靠“情”。这里除了我们常说的要真情不要伪情、要至情不要矫情之外，还要掂掂你所表达的那份儿情是否在人们的常情之中。畸情固然是精神变态者才会有的，正常人自然莫名其妙；过于隐秘、过于私化、过于琐屑无聊的情态，也很难使读者为你动容。这还不说作者的情操、情调决定了作品的情趣、情味，若读者不动心，无论你怎样自觉笔下妙不可言，他们依然“麻木不仁”。

又比如，理要近人情。诗歌本来是“不讲理”的，但人们总把“情理”二字连在一起。在读者那里，情就是理，理就是情，合情就是合理。说到底，读者有读者的接受心理和情感逻辑，如果诗人的价值理念、精神指向和艺术立场过于偏执，洁癖、刁钻、乾坤颠倒、逻辑混乱、开口不说人话、前村不着后店，以至对汉语言恣意摆布，都只能使自己与读者对峙。当然，诗人也有引导、提升读者审美的义务，但总不能把别人捆绑在你的“艺术战车”上拽着走，否则也会落入另一种“不近人情”。

再比如，事要近人情。诗人的“情”不是空穴来风的，它总是因为了什么事，即所谓“歌诗合为事而作”吧。事情有自己关心的，有别人关心的，有只有自己关心而别人毫无兴趣的。诗人有抒写任何一桩事情的权利，但除了你保留坚决只写给自己看的权利外，总得想想别人对此关心不关心。别人都普遍关心的事情叫作“世事”，由“世事”而生出的情感、情态、情绪之类就叫作“世情”了。一个诗人不能不关心世界上所发生的事情或者“世情”，至少不能把自己与个人以外的世界完全割开（也割不开），不然你也无法走进“世人”的“心情”。近三十年来，人们总把《我是青年》视为我的“代表作”（惭愧！），实话说，它的产生虽属偶然（都“怪”那次叫“青春”的诗会），但有两点后来我是“追认”了的：它确是我当时憋得慌、不吐不畅的一股气流；我虽并未有丝毫想到要去“揭示”或“代表”什么的念头，但对自己与时代的关系还是意识到了的，以致后来被一些厚爱者称为“一代人的心声”。我说这些只是想说，古人之谓“文章，天下之公器，安敢私焉？”也许太过于“天下舍我其谁”了些，但如果我们一定要弄到“诗歌乃吾家之私产，何能公焉”的程度，也会把自己的天地堵得太小了！

我之奉行“诗要近人情”这样“人之初”水平的准则，是想使自己更从容、更平实、更常态地去感受生命、感受世界，尽力沉入事物的深部。

当下的时代，已是一个资讯疯长、文学也向市场“转型”的最功利的时代，速度的压迫和成功的焦躁使人恨不得从十八层高楼一举飞升或一夜写出一本《荷马史诗》而声名骇世，出现一些不近情理的“惊人之举”也正在一种“情理”之中。我只是再三提醒自己，艺术的规律不可不敬畏，最好还是如张问陶所说，让“天籁”自鸣，“天趣”足生，自己最多做一个真实心灵的记录者。

到了“青春”都只能远远地“回眸”的时候，也更该懂得“名心退尽道心生”了。

2010年8月3日

张新泉

1941年生，四川富顺人。1974年开始发表作品。1991年加入中国作家协会。出版的诗集有《男中音和少女的吉他》《人生在世》《鸟落民间》等。诗集曾获四川省文学奖、首届鲁迅文学奖。

代表作 好 刀

好刀不要刀鞘
刀柄上也不悬
流苏
凡是好刀，都敬重
人的体温
对悬之于壁
或接受供奉之类
不感兴趣

刎颈自戕的刀
不是好刀
好刀在主人面前
藏起刀刃
刀光谦逊如月色
好刀可以做虫蚁
渡河的小桥
爱情之夜，你吹
好刀是一支
柔肠寸寸的箫

好刀厌恶血腥味

厌恶杀戮与世仇
一生中，一把好刀
最多激动那么一两次
就那么凛然地
飞起来
在邪恶面前晃一晃
又平静如初……

人类对好刀的认识
还很肤浅
好刀面对我们
总是不发一言

新作　笑得像金子一样

孙儿孙女和这一年的夏天

两只小嘴巴突然袭击我
把笑声和口水涂在我脸上
这个事件充分说明
我的这张老脸
有汉堡的慈祥
肯德基的芳香

笑得像金子一样

——题一对老人的金婚照

金子如果会笑
也就是这般模样
笑得芬芳四溢
笑得价值连城
笑得金碧辉煌
这是由内向外的笑
这是喷薄而出的笑
无法配音，无法复制
这是牵手五十年之后

登上五十级台阶
两轮新鲜快乐的朝阳

白发、皱纹、老年斑
被笑得无所适从
开心开怀的笑，足以傲视
来路的困惑，昔年的沧桑
照片上的老哥老姐
你们因为旧，才新得
如此之酷，如此之靓
我的敲击键盘的手
因了你们的笑容
激情难抑，十指飘香

中岩寺看水

一

从中岩寺这边看过去
水流与岸景都透着古意
两只鹭鸶翩翩飞来
以临江仙的姿态落于草渚
渡船不知是否来自瑞草桥
赴苏子瞻之约的王弗
当年就端坐船舱里……
这时的岷江就是一个放大的“唤鱼池”
一方流动的荧屏
映现着两千多年的风雨

二

两只鹭鸶开始交颈缠绵
雄鸟扑扇着白云般的羽翼……
短松冈上的风,暂时不吹
明光绚烂的四野一片静寂
那方草渚里肯定没有小轩窗
想唱就唱,想爱就爱
青山绿水间,能飞的
都是超男超女

三

船笛又克制地叫了一声
桅上的喇叭嗲嗲地唱:
在哪里? 在哪里见过你……

中岩的鱼腥草

下山时,买了一捆鱼腥草
老妪找零,层层掀开古旧的布帕
晃眼竟是银锭、铜钱、各式纸钞……
这时苏东坡和王弗的塑像开始变凉
渔火点点的岷江上,谁为我备下
爽风百里,客船一条?

我把鱼腥草抱在胸前

那植物的气息香得异常执拗
微醺中我有些神思恍惚
在汉阳码头的船舱中醒来
不觉已是宋朝的拂晓

雪夫:《泊心楼手记》

记人。说狗。评时尚。怀亡母
张靓颖的海豚音在第五页
接下来是儿童节,怀念一条开裆裤……
文沟字垄里,独被“H”吸引
那只不守粮仓、不蹲饭店
常来泊心楼养心的小老鼠
哦哦！被主人以《命运》《1812序曲》
振聋发聩过
被《田园》过,被《小夜曲》过……
今夜,在四号标宋的最末一行
我对这只鼠的在意,已超过许多
叫作人的动物
它登楼,爬六百多级台阶
或沿墙而上,如一只壁虎
泊心楼在大厦第十层
是洁身和静心的理想高度
(超一分将遭遇浮名
低一寸会满嘴尘土)
在书香墨香和通灵的灯光中

楼主正在屏上写处方——
读书五钱。观察三钱。善思一两。水煎服

进城的树

这些向往城市的树
这些背井离乡的树
今夜,寄居在城郊的苗圃
我听见一株儒雅的银杏
在吟诵“桃花潭水深千尺”
几棵年少的皂角
七嘴八舌唱乡谣:
“一二三四五,上山打老虎”
垄沟中激动难眠的根
把起伏心律举向树梢
浓淡枝丫便叠映成
一幅幅如梦画图……

当旭日涂红满天云彩
哪一束是镀金的乡愁?
哪一缕在高调展示
跻身豪门的幸福?

树是站立的人?
人是行走的树?

灵　视

就是透过树皮和寄生的苔藓
一眼看见年轮的扁窄方圆
看见横生的枝丫前方
无形而强大的魅惑
以及力不从心的迟缓
看见一根V形的枝条上
将有鸟儿飞来筑巢
巢中已安卧着
几枚做梦的鸟蛋……

灵视就是入木三分
就是在小草的站姿里
看见生命的繁茂与庄严

芦　花

芦花摇曳时
江天便越加寥廓了
顺着苇丛俯伏的方向
望去,桃花潭边
还立着踏歌的汪伦

天上的大雁叫一声
地上的芦花应一声

浅水里扑腾的野鸭
叹息翅膀太短
空负了一副凌云胸襟……

少白头其实很酷
搭一条“天凉好个秋”的围脖
现身闹市，绝对是个潮人

有些树，长得像书法

这些树一般都很矮
三尺之上，藤蔓枝叶，恣肆飞扬
有来处，无去向
浓淡疏密，藏柔寓刚……
费尽口舌的蝉，在其间
说了又说
日月依旧一头雾水
不知其详……

这种长得像书法的树
从不开花
却散发着一股
浓郁的墨香

向晚的松林

树干和全部枝丫
都以水墨的形态
抵近版画
地上变形的树影
像一幅书法的拓片
那微微晃动的一撇
是一只松鼠的尾巴
沾在树干上的夕光
如流淌的蛋黄
被群起的蝉声
擦了又擦

随笔 雀，麻雀的雀

那本叫《鸟落民间》的小册子，不是我的代表集，集中的作品也非我的代表作，但姿态与我其他的集子别无二致。年少时曾立志做凌云之鸟，如鹏、大鹰之类，至少也就是天鹅。告别“强说愁”的年龄之后，才发现上帝给我的只是一只麻雀的心智与形象，加之铁匠、纤夫、码头搬运工等经历，那些特有的东西已植入骨头、呼吸，才意识到无论是举手投足，还是翎羽、鸣叫，都离珍禽的风度甚远，何况还胸无大志，目光短浅，瞅见一缕炊烟、一座谷垛、一圈茅檐就歇息下来，就心满意足，就感天谢地，就横生幸福感……细细想来，上帝让我做麻雀，也真是恰如其分，毫无薄待的意思。

做麻雀也有做麻雀的好处，且不说免了搏击风雨、南迁北徙之累，单说人间烟火这一大众景观里，麻雀肯定是一支旺族。不背单词，不学外语，在人声鼎沸的民间，只消用“叽叽”和“喳喳”来应对就足够了。秋去春来，生老病死，绝对都是眼见为实、耳听为真的东西。弹弓过时了，猎枪响处，罹难的都是珍稀动物。虽然没有谁会对麻雀嘘寒问暖，但心理定力与生俱在，蹦跳斜飞之际，自有快乐相随。世间所有的粮仓和稻草人身上，都默许着人类对小小麻雀的关爱与同情。天鹅看不见寡妇在坟前哭夫时的眼泪，大鹰不会关心市井或乡间民众的荤素，至于那些被极左年代和高蹈的文化人随意摒弃、不屑一顾，使之蒙尘的词汇、事件，也只有麻雀才了然于心，才会关爱有加，并从中读出了某些形而上的残缺与苍白。由“叽叽”和“喳喳”组成的麻雀语汇虽然简单直白，但可贵之处是饱含着世道人情。麻雀白眼望天时，肯定有一粒流星坠毁。最小的麻雀往往最有资格对高高在上的大鸟寄予同情。当然,麻雀的悲悯很小,你看不见。

对于我这只具体的麻雀,无论是飞还是歇,有两个词汇需要“叽喳”几句,这就是“低处”和“民间”。所谓安于低处,绝非故意做出来的一种姿态,更不是对生息于高处的大鸟们的嫉妒和分野。照我看,除了宿命的安排,最好的宇宙(或人寰),应当是高低和鸣、翎羽映照、错落多姿。其实麻雀有时也激赏高天的翱翔,也曾向头上的精英们掷去过问候,由于红尘太吵,没被听见罢了。麻雀的字典里也有敬畏、深邃和辽阔等字眼,不过字号要小些。

如此敬重与眷恋“民间”,极易给人矫情的印象。前些年围绕“民间”已引起过纷争与战事,以我麻雀之懒散,决不想凑这个热闹,就决定偷一回懒,引用一段话。话是一位叫杨言的先生说的,他对“民间”的诠释与我十分接近,他说:“这里所指的‘民间’,既不是一般性的指称社会下层生活,也不是赵树理式的业已意识形态化的‘群众生活’,它指我国文化传统中源远流长而又受到遮蔽,居于‘小传统’位置又具有强大生命力的观念、风俗和生活方式。”

在下就是此类民间中的一只麻雀,翅膀短小,只能短程飞一飞,绝对说不上“翔”。虽然飞得低,但不会撞着你家的天线或盆花。我向你的窗口送去一串叽喳,你理不理会我都一样高兴。

贾 真

1949年生，山西原平市人，1965年开始发表作品，1993年加入中国作家协会。已发表诗歌、小说、散文及经济和教育论文三百多万字。以诗歌创作为主，结集出版了《北方之爱》《燕子又来》《厚厚的落叶》《耧铃叮咚》《回望旅途》《宁武五十帖》《柔柔的风》《乡野掠影》等。作品多次获奖。1994年参加第十二届“青春诗会”。

代表作 蓝花花

凉风收割夏天燥热的时候
我熟成一只黄蝴蝶向来路飞去
飞向那溢着浓浓绿意的往昔
飞向那浓绿里淡淡开着的兰花

那是三月里第一滴雨浇开的野香啊
老槐树下她蓝蓝地笑我们捏的泥人儿
乡野里她与挖苦菜的小铲一起蓝蓝地唱
她就那么蓝蓝地笑蓝蓝地歌蓝蓝地哭
竟把我这一生的梦都染成了一色的蓝

如今她还那么茵茵地蓝着吗
南河沿空留着那块大青石
河水中没有她一揉一搓的蓝
挂红灯的台口里挂几片残破的蜘蛛网
戏台后寻不着那羞答答低垂的蓝
村东村西处处见甜甜的蓝
待过去却总是扇散一缕炊饭的烟

飞进了陌生的篱笆院
我不信这就是那株茵茵的蓝

黄的花柄托一穗胖胖的籽

那蓝全储到她细数日头的两眼了

新作　黄土亲人

父亲没去过五台山

老家到五台山
至多两小时车程
父亲说等我不忙的时候
他想去一趟看看

一个多么简单的愿望
一句话、一支烟、一抬腿就可抵达的愿望
而我竟傻傻地等着那个不忙
我忙，父亲耐心等着

父亲最终没有上山看看
他走了，带走等我闲下来的向往
他知道，儿子正忙着申遗
忙着将那座山推向世界
他等，一个父亲耐心的等待
是世上最贵重的黄金

在等待上山的路上，父亲走了
父亲走了，儿子再也看不见了
父亲，父亲，我想说的话全在这里

一字一句,全被泪水打湿……

母亲走后的端午节

母亲离去的那天,是端午节
端午节,从此不是我的节日

母亲呢
母亲亲手包的粽子呢
沿着人生的长河问岸问水
我是曹娥
也走七天的来回

粽叶儿也宽也大
也包了红枣软米
也是“黄金玛瑙”
但怎么就漏了那种香甜
漏了那份粘掛呢

这不是乡下老家捎来的端午
节前我也同往年一样买了粽叶送回
只是敲不开老家门上的锈锁
即便敲开了也交不给母亲

于是一年一度的端午节
就没滋没味

就没那份粘掛了
我要沿河走七天七夜的来回

父亲的磨石

就那么横在门口的凳子上
默默地望着天空

父亲的磨石
柴刀、斧头、镰刀的磨石
与父亲一辈子交谈
用铁，用钢，用庄稼人一生的泥水和血汗

种谷子、高粱、玉米的父亲
除了土地、种子和雨水
磨刀石也是他的亲人

如今它仍横在门口的凳子上
只是瘦成了一张弧形的脸
一如老爹凹陷的眼睛
仍在望着秋天的来临

而土墙上挂着的一排镰刀
老了，锈了，也都瘦小了
小到月牙儿的一半
且没有了光亮

苦 菜

一日三餐我总要想起苦菜
那平凡的乡间到处可见的苦菜
那伟大的可以拯救生命的苦菜
那让良心永远挂念的苦菜

在田边路畔喜盈盈生根繁衍
在视线之外默默地枯黄老去的苦菜
在寒风中最早报告着春讯
不管人在意或不在意都一样努力的苦菜

从没有堂堂正正地在大田里生长
却经常堂堂正正替代粮食下锅的苦菜
从没有被浇灌被锄耧光顾
却常常去滋养浇灌锄耧者的苦菜

那是一株株苦难、多汁的苦菜
是拉扯我长大、活命的苦菜
那是我梦牵魂绕的故土
是我想起就放不下的母亲

家做鞋

从儿时到成人
我一直穿母亲做的布鞋

人长脚长，鞋子也长
好像母亲把我藏在鞋子里
呵护着我一天天长大

知冷知热的鞋子
量布量脚量我变化的鞋子
千锥百纳、飞针走线的鞋子
破碎布角和麻绳缝制的鞋子
我是乡下的孩子，只爱
穿乡下母亲家做的鞋子

鞋帮子上母亲的体热使我温暖
手搓麻线的耐劳使我坚韧
那鞋底上纳进的汗渍让我勤快
纳进了灯光让我眼亮
穿着母亲做的布鞋我学会了走路
回头看全是母亲精心裁定的脚印

晨　光

晨光到我家的路程有多远我不知道
晨光什么时候到我家母亲知道
每天母亲第一个看着太阳升起
每天母亲数着最后一颗星星隐去

晨光望着母亲最先燃起那缕炊烟

晨光从母亲打开的柴门走进我家院里
晨光无声,总是轻轻地移步轻轻地独自忙碌
总是把温馨与生机撒满农家小院

它同羊羔一起吃奶,咩叫
它同鸡鸭一起梳理羽翅
它把丝瓜、豆秧扶上棚架
扫净庭院,听喜鹊在枝头唱歌

晨光是绿了又绿的叶子
晨光是红了又红的花朵
而晨光里母亲总是忙碌
直到变成一颗遥远的星星……

簸

就这样　你一簸箕一簸箕
簸着玉米簸着高粱
同时也簸着岁月

就这样你一颠一顿
一顿一颠
扬去糠秕留下饱满的粮食

可也就是这样你簸着粮食
岁月却在簸你

你捡去了沙石它捡去你的青春
你扬出灰尘它染白你的黑发

一天一天　一年一年
咱家的日子愈来愈好了
你却一日比一日虚弱
直至被簸了出去，直至落地
我才听到那一声碎响

最大的海

母亲是世间最大的海
我是一叶小舟

她总是以千里清波
助我轻轻漂飞
时而也以惊涛骇浪
教我学会搏击

我沉重时
她是托起我的礁石
我烦忧时
是她的浪花为我洗涤

在她滔滔的絮语中
我知道了海路的坎坷

在她一圈圈的波纹里
我感到了爱的牵肠挂肚

我是一叶小舟
母亲是世间最大的海
那是一件碧蓝的衣衫
永远穿在我的身上

那株黑黝黝的杏树

进我家院就想望望西南角
望西南角那株黑黝黝的杏树
那是母亲亲手植的
风吹来,叶子就轻轻说话

三月小山般粉白的花儿开了
那香气想飘多远就飘多远
蜜蜂、蝴蝶飞来飞去
酷似勤巧的母亲

八月,杏儿熟了
红玛瑙一样在枝头闪亮
母亲把杏子分给邻居和孩子
像分发拜年的糖果

腊八过后

杏枝上落一层薄薄的小雪
她也酷似年迈的母亲
正拢起白发等我回家过年

牛

总是把头低埋着
总是不说话
总是与土地对视着
总是走自己该走的路

一步一个深深的蹄窝
一窝踩进一个实字
走过了　随之
即由黄土掩埋掉

或长或短的田垄
时重时轻的营生
当鞭影从眼前闪过
方知道这一切对你都是伤痕

把吃苦习惯成职业
脚下的路多长苦就有多长
力尽时便躺下来
最后的反刍叫人心疼

把负重看轻的智者
一把青草换走你的一生
甚至你最后流出的两滴泪
也被一把刀饮尽

随笔 阳武河与写诗

我的家乡在华北黄土高原。众所周知，黄土高原自古十年九旱。可是我的家乡例外，它虽也遭遇干旱，但充其量是减些产，从未绝收过。原因是有一条小河从我的家乡淙淙流过。这小河的西部是群山，东流归入大河，唯中间一段旱可灌田，涝能排水，是山西有名的小粮仓，号称“十八村水地”。不过不同的海拔带分布着不同的植物，那小河浇灌出的大宗作物只是玉米、高粱。为此，我很感谢黄土高原，感谢她选择了最宜此地生长的作物，且数千年精心养育。当然，其间在耕作技术、优种选育等诸多方面也不断进行了改进。我写的诗也如那小河的辛劳，浇灌出的篇什大都带着玉米、高粱的味道。而我始终乐此不弃。甚而觉得那味道还远远不够，需进一步酝酿。不论天旱雨涝，不管何向来风！

我家乡的那条小河叫阳武河。据说它也是从很远的异域而来，有时也挟泥裹沙，或浮带着厚厚的荒草枯叶滚滚而下。每当此时，父老乡亲们便全体出动，抢洪淤地。数千年来，那些远来的挟带并未取代黄土地的特质，倒是使它一年年更加肥沃，高粱玉米长得越来越壮实了些。而诗就不能吗？就必得云里雾里，梦呓昏话，不知所云？就必得佶屈聱牙，怪声怪调，上气不接下气？就必得上身下身，不堪入目？那就现代了接轨了，不受国界、种族局限了？我坚信，橘生淮南才是橘。阳武河的挟带于我家乡非常重要，但终究替代不了那片土地以及那土地上生长起的玉米高粱！若非要将水稻抑或橄榄树栽到黄土高原上，任你照片摆在地中央，简介瞄着天才写，相互捧得超凡越神，到头来无非“白茫茫一片真干净”，枯死苗木颗粒无收。故为人祸，无异于天灾！

相传，历史上的阳武河并不就这么温顺正道。它自四面八方的山顶飞流直下，不断地吸纳聚合，进而汹涌宣泄，横冲直撞，竟将那片高原冲刷得支离破碎，草木难存。是我的颇有卓识的先辈们疏堵并举，及时指点引导，齐心拨正河道，最终才使水走河道，禾归田地的。而诗坛就不能吗？一些自幼吃高粱、玉米长大的先生们，连自己都尚未弄清山洪是在浇禾还是毁地的时候，就一头栽进那山洪中顺应鼓噪、推波助澜去了。而就在他们沾沾自喜于瞬间的“旗手”“领袖”“理论家”的时刻，千顷禾田已被波吞浪卷，自己就成为助纣为虐的经典了！而黄土高原上的阳武河依旧涓涓东流，两岸的高粱、玉米成行成垄，如诗如画！

我自心底喜爱我家乡的阳武河。喜欢它的纯净透明，清澈见底，喜欢它的明快流淌，歌声阳光。它从不将自己封闭一隅，窃窃私语，孤芳自赏。它总是坦坦荡荡，流向底层，与高原融为一体，与高粱玉米融为一体。因此，也大可不必担忧“边缘化”，更无须诉说“孤独”“寂寞”。诗为什么不可这样？如若仅仅只是自我抒发，那就贴在自家墙上。如若系无奈的因病呻吟，便万万不可强求和者甚众。做一溪山泉或水流吧，汇入小河去，让孩童愿意亲近，供老妇浣衣，使禾稼在其哺育下翠绿茁壮！

阳武河畔有浓浓的诗情。

阳武河是一位真正的诗人。

徐敬亚

1949年生于吉林长春。1986年加入中国作家协会。著有诗歌评论《崛起的诗群》《圭臬之死》《隐匿者之光》及散文随笔集《不原谅历史》等。曾主持“中国现代主义诗群大展”，并参编《中国现代主义诗群大观：1986—1988》。1983年，《当代文艺思潮》公开发表了徐敬亚于两年前在大学时期创作的学年论文——《崛起的诗群》。1980年参加第一届“青春诗会”。

代表作

四季，像四个妻子围在我的身旁

北方，大手大脚的北中国
莽林与山脉，沉甸甸横亘在
亚洲紫褐色的额头上
驾着烈马鬃毛一样的北风，一路上
粗心大意丢下无数鸟巢似的村庄

白的雪，黑的土地
黑得像夜！白得让人惊慌

刁毒的北方啊，心狠手辣的北方啊
柔软的水忽然死去，森林显露骨骼
干辣椒一样凛冽
野猫嚎叫的疼痛
风代替鞭子，一年年抽打着懒惰的白云
黑白相间的北方啊
输掉了一盘棋又一盘棋
北极圈，套住倦怠的太阳

轮转的北方啊，一诺千金的北方啊
谁给了你这星球上最好的记忆力
像古老的磨盘不慌不忙

北方，蹲在马架子里抽着蛤蟆烟的北方
在早春的土地上
弯着腰，挽着苣麻菜筐的北方
你满襟兜着鲜花瓜果，像女人一样傻笑
因为有了招待客人的礼物
而显得格外兴奋的北方
如同嫣然一笑就飞走了的盛夏

黄昏的村子里
传来母亲们拉长声音的呼唤
豆油灯，依着土坯和茅草讲述往事
木窗棂把斑驳的棋格
和麻花被面儿凄惨的图案投在史书

北方，我的亲人一样的北方啊
站在你粗糙而广大的野地里
我常常像大丈夫一样没理由地幸福
虽然我只有一次生命
但是每一年，上帝都派来了四个妻子
轮流守候在我的身旁

节选自长诗《北中国》

1984年秋冬于长春

新作 青海及其他

青海，你寒冷的大眼睛

我远望水，却无法靠近水。啊，青海
我来看你却无法走进你的深处，真的无法
贴着你粗糙皱褶的皮肤，我匍匐而行
怎么才能亲近你，怎么敢骄傲地抬起头
无忌地盯着你的眼睛

你的那些水啊，寒冷的因子
都是你辛苦积累的日子
你把天空的眼泪一滴一滴攒起来
像吝啬的农妇
背过身，低头数着暗中的珍珠
给我一颗吧，挑最小的
让我从移动的光影里大胆地看你

即使在最小的珍珠上，你仍然
那么巨大，那么胖
你浑身隆起，你把乳房长满了群山
你扔出全身的骨骼与膏脂，漫野滚动
然后你就笑了

站在最高的山顶上望着我们
让所有比你矮的人,觉得更矮
一步一步仰望着你的最深处

最深的,就是水
就是你看过来的那个方向
你的大眼睛能淹没这个世界的一切
包括你自己,包括你的全部秘密
尽管缺少睫毛,你却不缺少诱惑
你让我不明白

我就要走了,把所有秘密都还给你
带着它,不是更沉重
而是更忧伤,更让我不安宁
青海,向我再笑一次吧
笑得更神秘,更多情,更寒冷
你的秘密应该永远安放在你的秘密之中
我永远在你的大眼睛里颤抖

2008年5月31日于深圳

青海,高原狮吼

一声比一声更猛的
是我的喘息,高原啊,你正沿着血管
从内部攻打我
每一枪都击中太阳穴,天空蹦跳
擂鼓者用肋骨敲击我的心脏

我怎么敢向你发出挑战
怎么配做你的对手
每一寸平坦里，你都暗藏着云中尖峰
连绵起伏的剑法，太极拳一样遥远而柔韧
还没有登上你的拳台
我已经累坏了

充满了深度的威胁，天空湛蓝
埋伏了千军万马的高原
给我力气吧，也许
我不应该越过自己的界限
你用一次次的上升，远离我的窥视，惩罚我
每一根草都扇动鹰的翅膀

升起来了，从四面八方
满天狮群正向我滚滚奔来
吹起鬃毛的抖动，牙齿呼啸
头顶滑过圆形的闪电

顶礼，高原
顶礼，永在我之上的土地
天空湛蓝，天堂端坐
比寂静更寂静，比寂静
更缺少声音

2008年6月21日于深圳

青海，我与你盘膝对坐

离开炊烟漂浮的中原，溯着大河
我一步步向上寻找
在这宽广之地，你怎能隐藏得这么好
一座山脉搂紧另一座山脉
青海，你在哪里
在我的背后，那里的石头都变成了人
你的人全变成了石头

噢，我看见了，青海
戴着黄色僧帽的山，披着袈裟风
你一闪身就走进了你的寺院
经幡起舞，念诵声飘出高原
酥油灯里金子一样的微笑
明明灭灭

走出门来，给我讲一讲吧
幽暗的日子怎样抽出光线
匍匐长揖怎样测量山河
这么大的房间
你们一生怎样入睡

永被狂风吹醒的高原，把我
像经筒那样飞快拨转

天际线眯着群山的眼睛
面对面,盘膝对坐
我与你,一起
睡着了

2008年6月22日于深圳

我听到一种声音

像一个衰老的清晨
我躺在杂草翻滚的原野
苍鹰,如同一朵黑色的云
飞快地闪过我的眼睛
我,失去了脚步
也失去了匆匆的身影
把手深深地插进泥土
大地在我的胸膛下转动、转动
我,凝固成一个黑点
像颗痣,落在历史的面颊上
呵,是什么在我的身边躁动?
草丛中
散落的星星在悄悄聚拢

我听到一种声音
"起来,起来——"
一股风,从我的衣襟下急遽升腾!

像一条泉水，孩子般地
我奔跑过年轻的岁月
道路在眼前断裂，我跌下悬崖
额头砸开坚硬的地层
化成一汪没有笑容的深潭
我失去了波浪
也失去了天真无邪的歌声
天上的云也倦怠了
一块块粘在了我的前胸
我，凝固成一滴泪
含在黑色的瞳仁里，默默无声
呵，是什么
在我的心灵里掠过
沙漠上的蒸汽，正飞翔着聚拢

我听到一种声音
“起来，起来——”
一股风，从我褶皱的额头上
急遽地升腾

1980年

注：本诗写于1980年，曾收入1985年春风文艺出版社出版的《朦胧诗选》，但被编者误认为是“江河”的诗(收入江河的九首诗中)。一直未声明校正。

随笔　刚生了一窝小狗

从1988年《强劲的思想使我微微弯曲》后，我20年没写诗。

不写诗的原因也是神秘的。我一直不太懂。

1989年以后的事现在想起来一片模糊。也许是生存伸出一只手把徘徊者推下悬崖。也许是精神蜡烛熄灭后一股袅袅白烟使火焰羽化而散。没了就是没了。不想就是不想。

比如跑。一个奔跑多年的人，突然不跑了。没什么理由。就像写诗值得尊敬一样，不写诗的感觉也是身体中值得遵从的一部分。

人类诗的跑，其实是朝着一头鹿或一只猫的方向，朝着西装与皮鞋相反的方向，朝着只属于一个人的方向……跑的最高意义，是飞翔。跑的本质，不过是一种使世界向后倒退的巧妙方式。

赛场上每个人都在跑，看的人、跑的人，心里都明白，跑是五花八门的：有的跑是一种飞，有的跑是吃多了，有的跑是去抢东西，有的跑比走还慢。跑的里面没有总统，快与慢，都是自己的。跑，就是跑的愿望本身。

不跑的人，并不静止。跑惯了的人一辈子怎么可能停下来。不在赛场里跑，他可能在别的空地跑。没地方跑，他在心里跑。出神地看一眼窗外的鸟，两个人面对面忽然一笑，他已经跑了。

2008年的5月21日，打开电脑时我忽然有一种怪异感觉。有点飘，有点急，有点心里发痒，有点与整个世界分道扬镳。想下蛋前的感觉是觉得蛋已经有了，但并不知道蛋是什么样。事先完全没有构什么思，我一口气写出了三首诗。“我第一次失去愤怒”，把这个题目写出来之后，我就与昔日的静止分离了。

有一天，青海忽然莫名地浮现出来。

它什么也没有，只是空旷，只是巨大。把人全部包围的那种吞没。它的威严，它的神秘，是能感到但不想说清的欲望。有时候我们离诗非常近，但它飘来飘去。你只要抓到了它的一只脚，可能就抓住了全部天空。只需要扯出最飘、最神，最令你着迷的那一根线，风筝就到手了。

我一贯是一个忽略细节的人。但在缺少微小线条的同时，宏大的事物对我具有特殊的感召力。我常常不自觉地跟着大起来，膨胀起来，似乎那些大的东西就是我。这，有时候是毛病，有时候也成为精神空间与质地。

与一团感觉到的光晕之间的情感关系，就是最合理的语感。最初碰到的词和词之间的连接，就可能是最基本的节奏。常常，一个漂亮的比喻把人引向了另一个房间。一个好消息往往报告另一个好消息，你跑起来了，越跑越快……

写出《青海，你寒冷的大眼睛》之后，我就觉得有了。一种东西回来了。我曾与朋友许下的诺言可能真的实现——说不准哪一年，一个人孤独地去某个地方，一个夏天一个冬天回来，带回一整本诗集，每首诗都活灵灵新鲜，整个诗集一水水儿的情感一体，完全不同于那些多年拼凑出来的所谓诗集……

在写出了《青海，高原狮吼》的题目后，在写出了“一声比一声更猛烈的 / 是我的喘息”后，我停下了。我知道，按照我20年前的习惯性节奏，下面是一个排比的陷阱。我不想跳，我不想成为一个老牌的海浪。我心里想的是一种大空旷，是一种什么也没有，但千真万确能听到的吼叫。我相信能写出来，但我想留着，想在半写不写中享受着半成品的滋味。

2008年五六月间，整整一个月，我一直在享受一种内心暗自欢喜的感觉。

这期间我写了十多篇文章。具有自恋倾向的人，认为自己篇篇都是卓文，篇篇都产生快感——然而，这全部文章加起来，也无法抵上一句“青海，你寒冷的大眼睛”！

那是一种热乎乎的感觉。是写文章永远无法代替的飘逸——写文章好比堆积木，好比搬石头。活儿干完了，就走人。会开完了，鸟兽各散。说完故事，等于关上一扇门。

而诗不一样——写出来的诗，每一个字都是活的。它好像你亲自生下来的一窝小狗，围在你身边不散。它永远都是你的，带着暖洋洋的亲昵，伸出头来一次次拱你、舔你，在你心里摇着尾巴转。久久不散。因为你把自己的全部心血都放进去了。

6月21号、22号，坐在电脑前，我很快完成了后两首。用电脑写诗，我过去连想都没敢想。现在，我的小狗们都乖乖出世了。我的心里空旷得像一位傻笑的产妇。我再也不想看那些诗了，一遍都不想。它们不再是文字，它们只是我的儿女。

写诗的愿望啊，你休想诱惑我。再尽职的将军，也并不想每天进行一场战役。

在诗的面前，我不承担任何义务。我并不是诗歌公司每天上班打卡的前台小姐。

人与诗，永远是一种临时的亲缘。我的那些可爱的小狗们，愿意来玩，随时用你的小嘴拱我吧。如果每天必须献上一朵殷勤的玫瑰花，还不如献给我自己，还不如献回给大地。

想写就写，不写就不写，可能是我们与诗最正常的关系。

2008年6月28日

孙晓杰

1955年生，山东寿光人。2004年加入中国作家协会。著有诗集《黎明之钟》《银狐》等。诗作多次获奖并选入《中国年度诗歌》《中国最佳诗歌》《中国诗歌精选》《中国新诗年鉴》《〈诗刊〉50周年诗选》及《旷夜芦苇荡：感动大学生的100首诗歌》等多种选本。

代表作 陈家山矿难之后

让我们好好地爱煤，像爱
我们的母亲和兄弟

爱火焰，像爱
最后的矿灯和工人们的血

爱死讯，把它埋藏在
泥泞的道路之中

2004年12月17日

新作 点灯辑

等待往事回到心中

“一件往事回到心中”——
此刻的阳光，恣肆，强烈，疲惫
像它一路迷离的泥尘。一件往事
我已将它深深遗忘。剩下它在遥远的边地
独自一人，仿佛“构成唯一的一代”
这么多年，它忠诚得像一条狗，一只
暗揣秘信的灰鸽。在雨中探问风的消息
夜晚寻觅流萤的微光——它一直在寻找我
一定找错过方向和地点。翻开我的泪水
对证我的目光。一件被遗忘的往事
即使生着鸟翅，也只能蠕动虫豸的步履
这么多年！在我忧伤满怀的时候：还有多少往事
多少被我遗忘的往事，多少正在路上苦苦跋涉的
往事——这成为我要求长寿的理由之一
以便我能够带走所有的往事
留给大地以轻盈和纯净——

搬　动

我搬走一些石头。甚至不惜工力
从大地深处搬走另一些石头

我给他们带来了——
乔迁的喜悦,还是离徙的忧伤?
那些又小又轻的石头,被我
轻易抛远。他们会不会像孤儿一样
从此拥有不幸的生活
用风捂住尖厉的哭喊
在水底藏起冰冷的眼泪

枯叶蝶

枯叶蝶:一个凄美的词。隐喻
沿着果实成熟的方向,坠落,飞升
我再次相信:即使一粒微尘
也渴望飞翔——给它翅膀!给它
一片枯叶。一张糖纸。一块花帕……
覆盖下的眼泪,陨落的星,破碎的瓷,草叶
将以此为翼!看那带着露珠飞翔的蜜蜂
看那揣着火焰飞翔的天空
看我:在秋日里写下这诗篇。撕碎,撒落
献给那些被委弃的灵魂
让它们像鹰。哦不,像蝶已经足够
枯叶蝶,飞吧!
萧瑟的大地是一朵盛开的菊花

被摘除的子宫

轻点儿！即使转身将她丢弃
请给她以安详。离去，永别
这生命的宫殿。阳光精子与月华卵子
幽会、拥抱、亲吻的爱屋
轻点儿！想想一个女人为此付出的一切
用花朵养育，爱情厮守，血液洗刷
如今被时间闲置、侵蚀、衰变
被倾圮的魔爪抓住。被疾病
攻陷的城市，将从身体的版图上消失
轻点儿！即使刀子怀着决绝的敌意
请给她以安慰，给她的姐妹以祝福
让她唯一的孩子，看上最后一眼
曾经居住的家，隐秘的襁褓，坠落的果实

我把它称为我的街道

我熟悉这街道，它的路牌、巷子、斑马线
像我的名字、手臂和显露的肋骨
我说出我要去的地方
比我想象中的灯盏还亮
向左转，直走，再左转，或者向右
一家餐馆开了百年
它身上的油腻像这座城市的思想和脂肪
我熟悉这条街道，并且爱

但不能把蒙昧的颂词给它
它比香榭丽舍狭窄和简陋
比南京路暗淡，比华尔街脏
但我熟悉，喜欢，爱
它通向一个我想去的地方
它的树木、落叶、坑洼、面孔相似的行人
像我裤兜里的钥匙、方言、心跳
和渐渐远去的目光

述 怀

我已经生而为人。不该
有太多的奢望

如果生为动物，我想有
母马的眼睛：晶莹，湿润，深情

我想拥有两双翅膀
一双蝶翅，用于在花间漫步
一双鹰翼，用于在天空翱翔

我想有雄狮的长鬃
水貂或藏羚羊的皮毛

我想有梅花鹿的犄角
似山谷间灵秀的自然盆景

我想有一只熊的脚掌:一个
奇妙的仓库,储存了整整一个冬天的食物

我想拥有豹子的奔跑
鱼的沉默和夜莺的歌声

我想有一个织巢鸟的家
像风中摇动的果实

我想有一只袋鼠之袋,装着
一首孩子之诗

我想以日光为食,月光为水……

但因为人类存在。我不敢
集众美于一身

同音字

与牛奶一起送来的早报
它们蝴蝶般的翅膀无法遮蔽
炸弹带来的坏消息。我也试图回避
寻找和“炸”相同的字音
我找到柞:一条河的名字,柞水清清
两岸升起炊烟和鸟群

找到栅:栅栏,刷上白色油漆
围拢草坪,青砖红瓦的家园
还有蚱:蚱蜢,它有会唱歌的翅膀
在童年的草叶上留下齿痕
还有夜里,如风乍起的怀念……
但是它们无法抗拒炸弹的力量
——在血泊里晃动
仿佛是我献出的丰盛祭品

电

谁反对光明？请举手
谁愿意置身永久的黑暗？请安息
今夜,我守着一盏灯
这电的女儿和花朵,照亮了
尘世的一隅:大地的孤独、宁静和沉醉
电！这神鞭！逼仄而无限的道路！
指向:黑暗,缓慢的时刻
转动这沉重的世界！
这头伟大的雄狮！猎豹！
奔跑和跳跃的霹雳！
此刻如一只乳色的乖顺之猫
柔软的脚,蜷伏于夜的怀抱……
电！它光明的血液持续了
我黑夜的写作。光芒的触须
撩拨着我诗性的皮肤。我是电的同胞

这不仅仅是承诺——
我永远也不会成为光明的敌人

把灯拿过来

帮个忙:把灯拿过来
我这蜷曲其中的狭窄空间
太黑了。我什么也看不见
只能嗅到潮湿和发霉的浊气
听到蟑螂四处爬行的乱响
把灯拿近一点。这里真是太黑了
即使在白天,它也是晦暗的
看这藏污纳垢的地方
看这老旧的水管,已经锈迹斑斑
弯头处已经渗漏
铁腥味的水滴,营造着自己的湿地
再近一点,低一点,谢谢
让我扯去这粘乱的灰网
让我找找我掉落多年的针……
呀! 这潜藏的玻璃碎片
竟然割破了我的手指!

随笔　诗歌的前途

一个诗人关心诗歌的前途属于分内之事，有“匹夫有责”意味。特别是诸如“诗歌已经死了”之类的起伏声在耳畔喧响，一个还想活着的诗人不能不凝然面对，因为诗歌的前途就是诗人的前途。

诗歌是时代的产物，具有显著的时代特征，不同的时代产生出不同的诗歌——这是必须确认的前提。中国诗歌从楚辞、汉赋、唐诗、宋词、元曲到新诗一路走来，是诗歌对于时代的顺应。在诗歌与时代的关系上，时代起主导和决定作用，诗歌对于时代的作用是顺应（不是顺从）中的影响。

诗歌作为人类精神和灵魂的产物，固然与人类同在。但就文学样式来说，诗歌同样存在“适者生存”的问题，同样面对“顺昌逆亡”的规律。

当今时代对于诗歌具有重要影响的因素有：人类生活的快节奏化，文化消费的快餐化，精神生活的粗疏化和浅表化。快节奏化和快餐化，要求诗人必须快速地提供读者需要的东西。粗疏化和浅表化，要求诗人必须以更为细致、细微、细腻的情怀，更为独到的思想和情感力量，来体恤、抚慰、温暖读者的心灵。从诗歌的特性观察，这些时代因素恰恰为诗歌的存在和发展提供了更大的空间和可能，但诗歌却不幸陷入委顿和边缘化的境地。

当代诗歌之病，一是情感与思想的乏力，缺乏对于人类命运的宏观把握和在此基础上的对于当下生活的微观洞彻。二是诗歌技艺的僵守与盲从，或者仍以既往的诗歌写作技巧与观念为圭臬，习惯铺垫、烘托，起、承、转、合之类的老套，使诗歌沦入庸常；或者简单学鉴西方诗歌，刻意艰涩和繁复，使诗歌成为玄奥之物；此外，或有对“诗歌是小众艺术”理念的认定和笃信，放弃乃至否定在更大范围里传播诗歌的努力与可能，从而忽视时代对于诗歌在内容和形式上的创新要求。

现代诗歌对于时代的顺应，在诗歌文本上应当有如下体现：第一，精短。套用林语堂先生对演讲的比喻，诗歌就像女人的裙子，越短越好，以契合时代快节奏化与快餐化的需求。至于长诗写作，可视为某些诗人才能的展示及进入诗史行列的欲望和努力。第二，易解。诗人不能过分强调读者在诗歌语言方面的训练和素养，不能以坚守诗歌艺术的纯粹性为由，人为地设置语言障碍。诗歌不能成为谜语，不能建成迷宫。否则只会令人生厌，掉头而去。就此而论，“口语诗”绝对不是空穴来风。第三，无我。无我不是对诗人个人与个性的否定，因为个性化是艺术创作的起点，是包括诗歌在内的一切艺术品安身立命的关键所在。强调无我，是对沉迷小我、过分小我的反叛。诗人必须关心他人的心灵，打通自我与他我的隧道，将自我与他我融为一体，在实现自我的同时实现他我，否则诗歌只能成为无关他人痛痒因而必然不被他人理会的自我呻吟。第四，直接。你必须开门见山，必须一针见血，必须直抵人心！

大　解

1957年生于河北青龙县,1979年毕业于清华大学水利工程系。1982年开始文学创作,2005年加入中国作家协会。主要作品有长诗《悲歌》和短诗集《岁月》等。2003年获《人民文学》年度诗歌奖。1993年参加第十一届“青春诗会”。

代表作　百年之后
——致妻

百年之后　当我们退出生活
躲在匣子里　并排着　依偎着
像新婚一样躺在一起
是多么安宁

百年之后　我们的儿子和女儿
也都死了　我们的朋友和仇人
也平息了恩怨
干净的云彩下面走动着新人

一想到这些　我的心
就像春风一样温暖　轻松
一切都有了结果　我们不再担心
生活中的变故和伤害

聚散都已过去　缘分已定
百年之后我们就是灰尘
时间宽恕了我们　让我们安息
又一再地催促万物　重复我们的命运

2001年11月10日

新作　更深的天空

沉　思

五十年前我以为朝霞是红绸贴在天空
一看见就激动
现在我不这么认为了
因为云彩后面还有更深的天空
值得思考和关注
当孩子们跑向野地的边缘
甚至在风里飘起来
我也只是默默地望着，心里想着别的事情
想着
明年或者更远　将有怎样的消息
在山后出现　不同于朝霞
却更加持久　更加缥缈　让人一遍遍沉思

2010年1月5日

很久以前

很久以前我经常到一个集镇去
沿着唯一的土路
从河边拐进树林　那时树叶还是绿的
鸟在窝里做梦

人们到集镇上买卖东西
裤脚上沾满了土　腿越走越沉
我推着单轮车　跟路过的熟人打招呼：
吃了吗　吃了
人们一边问候一边赶路
一边赶路一边消逝
在拐角处

往年也是如此　一切都过得非常缓慢
即使是日落时分的云彩——
那些天上的红尘
也是在很久之后才慢慢散开
慢慢飘过远方的山顶

2010年2月1日

在旷野

在乌云聚集时出走　这无疑是
一种对抗的信号　容易引起天空的愤怒
我说的没错　先是闷雷在远处轰响
随后山脉在暗中移动
这时奔跑已经来不及了
一旦空气也跑起来　暴雨随即来临
最使我心慌的是
一股旋风也在追我　这个家伙
我好像在哪儿见过　我用手指着它

厉声喝道:呔! 不要再追我!
它就站住了　随后化解在空气中

暴雨来临时　灵魂是虚弱的
在追逼之下　我敢跟它拼命

这时悬挂着雨幕的黑色云团
铺排而来　第一个砸在地上的
不是雨点　而是雷霆
与我一起承受打击的还有荒草
蚂蚁　甲虫　和旷野上的石头
它们比我还要卑微和恐慌
却坚持着　从未埋怨过自己的命运

2010年2月4日

起　身

我已经在河滩里走了一天了
不能再走了　一旦山口突然张开
会把我吸引到黄昏弥漫的平原上
被暮色包围　而灯火却迟迟不肯出现

为了把我缩小　平原会展开几千里
让石头飘得更高　成为远去的星辰

如果我往回走　山脉肯定会阻拦

要想推开那些笨重的家伙实在是费劲

想到这里　我就坐了下来
我真的愁了　究竟如何是好呢

就在我发呆的瞬间
从平原涌进山口的风　带着尘土
吹进了我的裤腿和袖口　与我心里的凉
正好相等　我脱口而出：就这么着啦
说完　我就起身

2010年3月4日

星　空

对于夜晚我们有过太多的埋怨
现在我坐在石头上　紧盯着一颗星
说出了相反的话　说完我就站了起来
因为回声引来了福音

此刻　入睡的人们已经熄了灯
释罪者在忏悔之后也获得了安宁
我略微知道一些远方的消息　就起身
把心抬高了一些　是的
在星空之下　不会有狂妄的人

沿着小路向前迎接　我将把遇到的

告诉你们　但我的身体就不用多说了
正如你们所知和领会的
我是多么不配　却已经蒙恩

2010年3月8日

天　光

雨越下越小　最后变成了绒毛
绒毛散尽以后　阳光穿透云彩的缝隙
斜射下来　越过远山向平原移动

天光泄漏的地方　有人走进麦地
把麦子捆在一起　斜搭在肩上

这是多年以前的景象了　如今
收割机抢在乌云之前开进田野
要么被大雨拍死　要么将麦子一扫而光

也有天光乍现之时　当远山一跃而起
挡住了南风的去路　总有一些人
闪现出皮肤的光泽　赤膊走在原野上

我不一定认识他是谁
既然他敢在云彩开裂处行走
他就有可能在天光的跟踪下离开自我
找到神的故乡

雨越下越小　最后云开雾散
土地暴露出坑洼和水泊　满地都是阳光
我不由得转过身　向后望去
看见往年的流水　一片迷茫

2009 年 7 月 9 日

雨　后

雨过天晴以后　月亮变得光滑
适合抚摸　但不适合收藏
在透着白光的云片边缘　一个肥胖的月亮
陪我散步　顺便去看望一个兄长

他也是个胖子　脸是圆的
脑门油亮　胡子后面是笑容
我们经常聊到深夜　有时月亮都走了
我们继续聊　我们能把石头坐热
让心发烫　甚至燃烧起来

今夜月亮正肥　阵雨刚过　可以豪饮一场
我已经三天没有喝酒了　三天是多久
你们可以算算　不能再等了
一旦月亮藏到山后　风就会来
栅栏是靠不住的　灯火引来的东西
一般人驱赶不散

今夜这么好　就是白水也能喝醉
趁着星星和花生米都在发光　我要
加快脚步　去与兄长喝上一壶
想到这里　我已经有些醉意
脚步晃了起来　幸好大地没有倾斜
一股轻风过来把我扶稳

2009年8月26日

秋风辞

把小草按在地上　算不上什么本事
秋风所彰显的不是力气　而是凄凉
我知道这是对我的威胁　其警示意义是
如果你不服气　就摧毁你的意志
然后吹凉你的身体　让你在离家的路上
无限悲伤

显然这是一次错误的对抗
我无意与秋风交手　我的手用于抓取沙子
最后剩下的是手心里的时光
其余都漏掉了
就凭这一点　我不是秋天的对手

请你松开那些小草　我认输了
趁着夕阳还在山顶上闪光

请你给我一条出路
让我把一生的苦水喝下去
然后洒泪而去　消失在远方

这样可以吗　秋风啊　看在上天的份上
饶恕那些弱小的生灵吧　如果你非要
显示毁灭的力量　就冲我来
把我按倒在地　再用尘土把我埋葬

2010年1月18日

随笔 生活的背后

近几年，除了写诗，我还写过一些寓言。我试图通过荒诞性来解析这个世界，躲开物理的经验，从精神之路绕到生活的背后去，或者说穿透生活，看看它背后的东西。这种追查带有侦探的性质，试图发现被日常经验所遮蔽或者被忽略的东西。经过一段时间的摸索，我错误地以为找到了通往生活背后的途径。但仔细分析以后我发现，生活只有现场，不存在背后。我所触摸到的部分只不过是它的非理性，而非理性也是生活的元素之一。

给生活下定义是困难的。生活是当下事件的总和，在庞杂和紊乱中保持着自身的秩序。我们从事件堆积的现场很难找到生活的核心，也难以在它的运转中稍作停留，正是这些构成了生活常新的本质和魅力。我企图绕到生活背后的努力并非完全是失败的，在此过程中，我歪打正着地发现了非理性可能是人类生活中最富有诗性的部分。文学的任务之一，我认为，应该有揭示和呈现它的义务。

在通常情况下，我们被纷扰的杂事所纠缠和蒙蔽，按照常规去处理日常的事物，往往把非理性排除在逻辑关系之外。实际上任何事物稍一扭曲、拆解和重组，都会改变它原来的结构，表现出新的形态。我通过寓言发现了许多不可能存在的事物，充斥在我们的生活中，构成了生活的多重性。可惜的是我们的思维方式具有很强的惯性和惰性，习惯于迁就表面化的东西，不愿意往深处和远处走，忽略甚至从来都不曾想过，生活中还存在着许多超常的有趣的层面。

基于生活只有现场这个基本的事实，通向生活背后的道路也将返回到生活现场，把非理性融入自身伦理之中，构成生活的完全性和饱满性。因此，不管寓言中的故事多么荒诞离奇，也不会超越生活或走到生活的外边。生活没有之外，只有全部。我甚至认为，历史也在生活的现场，只是时间把它推向了远方。在“远方”和“此在”之间，是无数个“当下”在排列和延伸，与我们身处的现场接壤，构成一个不可分割的整体。引入时间这个向量以后，历史就变成了一出活剧，人们依次出场，然后隐退。因此，生活永不凝固。在生活的全部流程里，只有先后，没有背后。每个人在自己所处的时代里都是活的。按此推理，历史中不存在死者，只是出场的时间和顺序不同而已。

文学的功能是表现生活，揭示生活的本质，从中发现真理并反过来映照我们的生存。因此我们企图绕到生活背后的野心不是一种妄为，而是一次小心地试探。为此，我从两条路进行过尝试。一是从理性出发，通过严密的推理和运算，最后却得到了非理性的结果。二是从非理性出发，把荒谬推到极端，却意外地接近了事物中暗藏的真相。两种方式都走向了自己的反面。生活嘲弄了探索者，但文学却不必为此羞愧。我没有找到生活背后的东西，却发现了生活中原有的秘密，隐藏在每一个细小的事物里。生活的现场如此庞大而活跃，处处都散发着生机，只要我们迈步，就会出现奇迹。

那么，在寓言抵达之处，诗歌能否走得更远？这不是期待，而是一种可能。由于介入方式的便捷，当下诗歌已经渗透进生活的细枝末节之中，以身体为本的低姿态写作决定了诗歌的高度，既不会低于生活，也不会高出很多。就身体而言，个人是人类最小的单位，处在生活的现场，很难超越自身。诗歌回到身体不是一个错误，却可能是一种困境和拖累。我倒觉得我们已经沉得够久、够深了，应该允许一些人从生活现场出发，以夸父式的“大我”精神，奔跑和追逐，也许真的能够到达异地和远方。

当然，异地和远方也在生活的现场，生活没有背后。我们无法找到那不可知的地方，但我们不能失去好奇心。而诗歌恰恰是个不安分的精灵，它具有理性和非理性的多重身份，完全可以走得更远，甚至飞翔。如果诗歌仅仅满足于在地上赶路，大汗淋漓地跋涉，甚至陷入泥淖而不自知，那可真是低估了诗歌的能力，也糟蹋了诗的名声。

当代诗歌中隐藏的力量，还没有真正释放出来。在诗歌的图景中，我们缺少的是夸父和冒烟的太阳，而不是软弱、轻浮、私密的小情调，以及窃窃私语的人群。那样，即使生活真的露出了它庞大的后背，恐怕我们也无力抵达，无法领略它神秘的景象。

华万里

诗人、散文家。1975年开始文学创作，诗歌曾获四川省第一、二届文学奖，《星星》诗刊双年度诗歌创作奖，新中国成立四十周年重庆文学奖。散文获首届重庆散文奖，2008年《诗刊》社"我心中的桃花源"全国诗歌征文大赛一等奖。出版诗集《轻轻惊叫》等多部。2010年加入中国作家协会。

代表作 风吹过花朵和文字

顺着风，斜穿过文字
不少的花
亮在哪里

一品红，三色堇，午时花，月见草
它们是这些文字
小小的反光，或者情人

意义还在继续

蛇莓，九里香，虎耳草，鸢尾
有了半面表情

香气并不庄严
手指
在花瓣中状如汤匙

石蒜，芍药，孔雀草，红叶苋
装着没有看见

睡莲其实根本难以入眠

文字的蕊
被露水压弯,被虫声
悄悄扶起

龙珠,朱唇,藿香蓟,红雀珊瑚
像放在膝前的小灯

文字蔓延着藤影

牵牛花,红丝线,爬山虎,硬骨凌霄
复杂于疼痛……

风在吹,一座花园
要让多少
灵魂来负担

要让多少词语来戳穿这个梦

文字与花卉的相遇
骨肉与图案的混合

啤酒花,量天尺,吉祥草,金合欢
比古代近
比夜巡好

月下站着一个满怀蝴蝶的人

新作 心灵锦绣

看太阳的人

看太阳的人，站在吕梁山上
手执牧鞭，身后跟着一群云朵般的白羊
他像一首抬头挺胸的民歌
气宇轩昂，时时准备吼唱。看太阳的人
起得很早，如同饱经沧桑的峰峦
银髯飘飘，高耸着红润的脸庞
太阳还没有出来，
他却早已把东方和自己望亮
看太阳的人，举臂欢呼
牧鞭高扬，惊散了身上的重重风霜
因为他看到太阳出来了
他看到全世界的红日在胎盘中战栗
红彤彤地，正冉冉上升
看太阳的人，看穿了记忆，看出了峥嵘岁月
看出了浴血的吕梁山端起机枪
将疯狂的敌寇猛扫
看出了烽火滚滚的汾河水
一浪一浪地，把胜利推向前方
看出了鹰在高飞，花在感恩，今日来之不易
甜美的果实，并不单单属于回想

看太阳的人，把自己
从老年看回了童年，把苍山如海看成了
整个山西在幸福地翻卷
他越看越心慌，越看越匆忙，他感到
有许许多多的事情
必须赶在太阳落坡前，干好，干完
干得像模像样
看太阳的人，不只是
这个单独的早晨，而是众多的时光
众多的乡亲，集于一身
而是红如枣子，红如坡上的万亩高粱
他目送黄河蜿蜒，他聆听
涛声年年把五谷拍响。看太阳的人
冒着汗，很烫，他的胸中没有大雪
他敞开嗓门，吼出了
内心的光芒。羊群汹涌，欢乐沸腾
他真想伸出手去
摸一摸红色的天堂……

我的家就在机场旁边

我的家就在机场旁边
许多朋友从天上下来，频频看我。有的衣袖
还挂着云朵，有的额心
还保留着天空的蔚蓝，有的着地后
就辽阔得多了，有的

刚同我握手,就模仿起重庆方言……
一位朋友来自北京
说话细声细气,恰似下着小雨
她夸我的诗写得好
硬朗,生气勃勃,忒有新鲜感
一位朋友来自武汉
脸上全是黄鹤楼的表情,他让我的想法
瞬间凌空矗立
凝视和忧思,随之同白帆和白云悠悠远去
一位朋友来自锦州,我自然而然
想起了一场著名的战役
但交谈间,她丝毫没有要打仗的样子
却见心见性,爱得我如同遇到十次花开
一位朋友来自深圳
他有着开放的情怀,每个比喻
都带着海水,使人
想到呼啸,想到撞击,想到澎湃
一位朋友来自兰州
仿佛那夜的一枝幽兰,有香气
紧紧跟随,有文字
想压住我的纸张和悴然的心跳
一位朋友来自上海
能说吴侬软语,能把黄浦江的黄
说成春水的绿,还能
把她的梦境说成唇,把我的思念说成吻
从天上下来的朋友太多太多了

还有西安的，样子像兵马俑；还有
昆明的，亮着好看的光头
还有济南的，文思好比泉涌；还有
秭归的，自我介绍是屈原的后裔
还有米脂的，自诩是
米脂婆姨里最白最粉的标本……
我感到真幸运，天南海北的朋友
都乘飞机来看我
我感到真幸福，连天空，也为
来看望我的朋友
铺满了航线。我感到把家安在机场旁边
真好，好到既有欢乐降临
又有友情同时到达
好到既有河山问候，也有心灵锦绣
好到我热泪盈眶
双臂张开，不停地闪动着天空的翅膀

我的诗集进了新华书店

我像鸟雀那样蹦跳和鸣叫
因为我的诗集进了新华书店，也就是说
我的名字放在了书架上
我的身高和体重放在了书架上，我喜欢的夜
放在了书架上，我热爱的水
放在了书架上，我抱过而又反复抚摸的石头
放在了书架上。是的，天空

放在了书架上，云朵放在了书架上
思想中的北斗和词语里的露珠放在了书架上
就连我痴恋过的紫藤和蝴蝶
也放在了书架上。也许，我的左边靠着北岛
岛还在远方摇晃。我的右边
靠着海子，海还没有彻底死亡。也许
我的上方是聂鲁达，让我
感到如同泰山压顶。也许，我的下方
是舒婷，或者傅天琳
我愿意俯身，同她俩谈谈神女峰
侃侃柠檬叶子
当然，我也知道，书架上放过歌德
叶芝、泰戈尔、艾略特、米沃什
奥登、金斯伯格、埃利蒂斯、帕斯、普拉斯
阿米亥、特兰斯特罗默、默温
帕斯捷尔纳克、曼德尔斯塔姆、策兰……
也放过李白、杜甫、王维、陶渊明
以及近一点的徐志摩和戴望舒……
当购书的人，将我从书架上取下来，如同遇上知音
我会躲在诗句间，对着他微笑
如果是一位红粉
我的血液会“哗”地亮了起来
唇上的积雪，瞬间
全都融化。我还遇到一位下岗工人
他把腰带紧了紧，用买米的钱
将我领走。我的眼眶湿润了，我愿蹲在

塑料袋子里，陪他好好走上一程
还有一位矮胖的大一女生
用拇指，在我的头像上，狠狠地一弹
然后，悄悄地乐。内心
似乎在低声地说："华先生，疼不疼？谁叫你
跑到新华书店来，偏偏被我这个
调皮的女孩撞上
啊，对不住了，凡是我喜爱的诗人
我都要用拇指
在他的额心，清脆地敲打一响！"

白发苍苍的蚂蚁

那只蚂蚁，已经白发苍苍
身上的衣衫，却黑如黑夜。那只蚂蚁
额头饱满，细小的眼瞳
储藏着神奇的传说。那只蚂蚁
背已呈弓形，它驮走过的
鸟语花香，岂止五吨。那只蚂蚁
劳累后的样子，真像
我的父亲：白发苍苍的歇在碎密的树荫下
心边，仍然有大粒大粒的汗珠
在不停地滚动……

庐山牯牛岭的下午

红铁皮的房子，绿铁皮的房子
一寸一寸地暗淡，但毫不
影响我蔚蓝的心情。站在那里
我没有倒影。只感到，一棵松树
三声鸟叫，这个下午，很快
就被弄斜。我也渐渐地苍茫，像历史
接近被用尽，像爱情
已经模糊不清。晚风匆匆
赶来告诉我：入夜，一定要同庐山一道
坚守寂静。头脑中，只准
保留七颗星斗，假若多了一粒，也要
喊人，将它扫走

那只鹰

那只鹰说：眼里
只能放三滴泪水，太多了，就会悲伤
甚至疯狂。那只鹰说
太阳没有出来，不要怨恨天空
太阳不红，也不要
怨恨天空。太阳太厉害，同样不要怨恨天空
那只鹰说：与雷电和乌云
搏斗，其乐无穷
那只鹰说：最重要的是壮志和豪情

离开二者，鹰就不成其为鹰
那只鹰说着说着
就猛一个翻身，将天空推高了一千米

随笔 惊 喜

一

2010年7月，惊喜从天而降。周所同用电话通知我，说是《诗刊》决定，邀请我参加芦芽山首届“青春回眸”诗会云云。简直是让人又惊又喜，又喜又惊，甜蜜得如同得到了一百吨蔗糖。

“青春回眸”，顾名思义，就是年岁大了，再回过头去看看青春。拿重庆话说，就是掉首“打望”。待“重要启事”收到，全然明白了诗会的重要意义。

“青春回眸”诗会，邀请两种人：一为参加过“青春诗会”的部分人，让他们用诗歌来显示自己的宝刀不老。另一为“当年未能或错过参加‘青春诗会’，而今依然活跃的诗坛实力诗人”。我想，我应该属于后一种吧。

这其实是以另一种方式，让我参加“青春诗会”。这其实是让我半个世纪的遗憾，就此得到了完美解决。多好啊，这不亚于上大学，这比抱着美人归还要令人兴奋和怡悦。

在这里，不得不感谢《诗刊》的创意，不得不感谢《诗刊》对诗歌做出的新贡献。

“青春诗会”与“青春回眸”，如同双子星座，在诗歌天空熠熠生辉。

二

学诗中，会发生许多惊喜的事情。

比如发表处女作，就是天大的惊喜。我自1975年开始诗歌创作，第一首《铁拳赞》只有四句，在当时涪陵地区的《群众报》上发表了。待我得到报纸时，只看到诗歌作品，而没有我的署名，也就是说，将“华万里”三个字印漏了。

但是，这毫不影响我的惊喜。因为，我知道这是我写的。因为，从此就激发我把诗一路写了下去。因为，从这首小诗开始，我就源源不断地得到惊喜。因为，发表第一首诗的人，他的惊喜不逊色于新婚之夜。

大的惊喜是屡屡获奖，小的惊喜是在诗行间得到一些意想不到的如珠似玉的诗句。

三

翻越诗歌的崇山峻岭，也可以遇到无数惊喜。

在我的视野里，有若干座诗歌大山。我面对它们，只有喜欢，没有畏色。我愿意做徐霞客和郦道元，在文字中为它们登攀，在词语间为它们跋涉。

屈原算一座，李白算一座，杜甫算一座。读屈原如游匡庐，庄严、肃穆、健举、超拔，他的忧患可以让我横看成岭侧成峰，他的魂魄早已在云烟之上了。读李白如登泰山，大气、飘逸、高远、浪漫，让我站在诗歌之巅，一览齐鲁青未了，笑看无数诗人比蚂蚁还要小。读杜甫，却难以准确地找到能够与他相匹配的山峰。华山吧，他没有华山的险；峨眉吧，他没有峨眉的仙；就连嵩山、衡山、武当，都不合适。因为，他太苍凉了，太漂泊了，太平民化了。

当然，外国诗歌中也有许多这类峰峦。我喜爱的就有歌德、泰戈尔、聂鲁达、艾略特、埃利蒂斯、帕斯捷尔纳克等等。我对国外的地理状况不太熟悉，就不一一找出著名的峰峦来与他们相对应。但他们崇高的诗歌海拔，风姿各异的意象光彩，却征服了我，从不让我因在他们之间的往来而后悔。

特别惬意的是，当我登上峰顶之时，在灵魂的四面八方，尽是开阔，尽是涌向我的风景！

四

在诗会中，相逢了自己想见的诗人，不能说不是一种惊喜。

赴今年的“秭归端午诗会”，我就相逢了早早心仪的老诗人余光中和流沙河，还有神交已久的诗友于坚、王家新、韩东、杨黎和田禾。相见甚欢，相处非常融洽，相别时眼里也含着热泪。总之，全是难得的惊喜。

余光中先生抗战时期，在我所居住的重庆市渝北区悦来场读过几年书。20世纪80年代初，他曾托人找我为他拍摄了一批他当时就读的“南京青年中学”的照片寄给他，乡愁所系，源远流长。此次相见，我将区领导托我带去的一封公函交给了他，公函的内容是邀他重返故地一游。展读公函，他的那种表情，让我看到了许多诗意的沧桑。

于坚剃着好看的光头，很有特色。人说他狂，我觉得他可亲。在去江边看龙舟竞赛的路上，他同我贴得很近地说话，极有情感地表扬我的诗。他的云南口音太重了，我不能全听清，只有频频点头，不停地微笑。

如果屈原在场，我想，他也会同样万分惊喜。

五

肯定地，写诗的人，只要愿意，都能够找到惊喜。

我独坐树荫，听清凉的泉声，看松果不慌不忙地落下，心上拂过簌簌的山花和野蝶……这自是一种惊喜。

当蝉热得鸣叫的时候，我在诗歌里流汗。偶尔，也写出几个冰雪一般的字……这也是一种惊喜。

当我写诗写累了，躺在紫藤架下，听出了虫声中的那一点蓝……这还是一种惊喜。

“楼船夜雪瓜洲渡，铁马秋风大散关”，是一种惊喜。“停车坐爱枫林晚，霜叶红于二月花”，是一种惊喜。“掬水月在手，弄花香满衣”，是一种惊喜……

惊喜多多，千万不要与惊喜擦肩而过。

六

惊喜很有光芒。

尤其是在诗歌中获得的惊喜，对于我而言，无异于得到黄金和珠宝。

诗歌是一种气候，气候中有惊喜。诗歌充满了饥饿欲，饥饿欲里有惊喜。诗歌中有信仰和追求，信仰和追求间同样有惊喜。

诗歌总是对我说：“朝前走吧，你已开始了惊喜的寻诗之旅！”

郭新民

1957年生，山西省神池县人。20世纪70年代开始发表作品。1994年加入中国作家协会。创作以诗歌为主，兼及散文、评论、书画、摄影等。著有诗集《郭新民抒情诗选》《花开的姿势》《开玫瑰花的裙子》《今天的情绪》《醉汉与丁香》等。共发表作品三百余万字，获全国、省、市各种大奖五十余项。1994年参加第十二届“青春诗会”。

代表作 一棵树，高高站着

——在太行山王家峪八路军总部旧址，我看到当年朱德总司令亲手栽植的红星杨已长成参天大树……

一棵树，站在那里
一棵伟岸的红星杨站在那里
一位顶天立地的大英雄站在那里

一棵树，朝我走来
一棵树，就这么朝我走来
在满脸皱纹的太行山深处
在老区这个老得不能再老的山村
以父辈和长者的亲切
与我久久地对视

哦，一棵树慈祥地站在那里
一棵铮铮硬朗的红星杨站在那里
一位饱经沧桑的老前辈站在那里
世纪风轻轻拂过它神逸的鬓发
自由鸟温暖栖息在它坦荡的肩头
那精神矍铄的颜容
那豁达开朗的气度

那包容万物的姿态
那一身金戈铁马的风骨
让我刻骨铭心

一棵树,一棵沉着坚定的大树
它命运注定的步履勇敢而无畏

这棵树,不动声色地活着
这棵树,义无反顾地活着
它的存在,是历史的存在
它的伟岸,是大地的高度

它站着,是一座太行丰碑
它走着,是一段人间佳话
它醒着,是一部红色经典
它笑着,是一篇英雄赞歌
它活着,是一面精神的旗帜

今天,在太行山深处
在晋东南这个小山村
我温游在一棵树的梦幻里
我看到了朱总司令谈笑风生
彭大将军横刀立马
刘邓大军叱咤风云
左权将军把一腔热血
英勇倾注共和国国旗

一棵树，亲切凝视着我
一棵树，深情凝视着远方
身前身后的千山万壑
沉舟侧畔的不废江河
他们用花香鸟语告诉我

一棵树让一位伟人高高活着
一棵树使一群好人高高活着
一棵树令一段历史高高活着
一棵树把我的激情和遐思
绿叶般缤纷摇曳

新作 过冬的柴火

亲近土地

在土地上行走
我的心头汩汩灌浆
离泥土越近越像一株庄稼
听高粱嘱托苞谷叮咛
倍感身上摇曳的绿叶
和脚下疯长的根须

蓝眼睛的胡麻
灰布长衫的筱麦
它们从坡上走下来
在一朵牵牛花里相爱

母亲的炊烟还在
父亲的篱笆还在
我就是那只吃草的羔羊
咸的汗、苦的泪、疼的血还在

白天的阳光，夜晚的月亮
守护在土地、村庄的身旁
像一只满脸露水的蟋蟀

我唱,从一片草叶到一条江河……

英雄墓碑

是一些石头
勇敢坚硬的石头
这些石头
流过血也流过泪

他蔑视卑琐和轻浮
仇恨变节和投降
他冷时更热
它以切肤镌刻的疼痛
呼唤着一些遥远的名字

他让轻蔑的风凝重起来
让飞鸟的翅膀沉重起来
让从他身旁匆忙经过的人们
停下脚步
哪怕一小会儿

一块用苔藓呼吸的石头
用无声说话的石头
他在离去时回来
默默地为我们指认道路

秋天深处的向日葵

那些高高昂着的头颅
秋天深处的向日葵
终于把头低垂下来

曾经的追逐、倾慕、朝拜
曾经的青涩、盲目、不由自主地旋转
面对大地，终于结出自己的籽粒

哦，秋天深处的向日葵
它们默默把头低垂下来
把高攀的眼、逢迎的脸低垂下来

自己的根，自己的土，自己的籽粒
把头低垂下来，第一次
面对自己

天鹅从天上掠过

白色的云朵
白色的飘带
白色的风啊
像一封远方的来信
从天空冷冷掠过

天鹅从天上掠过
我听到天鹅急促的呼吸
和紧张而惶惑的心跳
它们疲惫不堪的翅膀
该在何处着落

哦，白色的寒冷啊
孤单的奔波
千山万水的来信
寻问曾经的苇荡和湖泊

其实，我是看到一只麻雀在飞
在水泥钢筋的丛林里觅食、找窝
它突然撞在我的玻璃上
坠落时，还没忘朝我唱了一声……

说说蚂蚁

渺小的勇者
十分细弱的生命

一滴水一粒浮尘
是它们的大地与天空

再高的山爬上去了
再宽的河也蹚过去了

一粒米的幸福比它大
一生的伤痛比它小

活着,忙碌、奔波、微笑
死去,就悄悄闭上自己的眼睛

它是我的邻居
也是我们的亲人

天空在想些什么

天空在想些什么
为何它忧心忡忡

该刮风时下雨
该下雨时刮风

高高在上的天空
神秘莫测的天空

仰望月亮、星星的人
为何总是碰上大片的乌云

风雨雷电的天空
云遮雾罩的天空

需要寒衣的人更需要太阳
即便吹来一阵微微的暖风

骄傲无比的天空
反复无常的天空

多少风暴和霜雪涂抹着它
多少污浊和黑暗困惑着它

天空啊！高高在上的天空
可知道我在想些什么

翠鸟飞过

那些美丽的倩影
从窗前轻轻闪过
它的翅膀、羽毛、红红的口唇
我还看见它们黑黑的眼睛

几只翠鸟
落在窗外的树枝上
用叶子掩住小小的脸庞
它们交颈、鸣叫、相互梳理羽毛
像草坪上过家家的孩童

出神地望着几只翠鸟
整个下午一会儿就过去了
真想和它们说说话
我却在纸上画了许多鸟巢

秋后的日子

天愈高也就愈蓝了
地一空也就一览无余了

山就那么坐着，水就那么走着
反刍的老牛咀嚼着最后的蝉声

很好的流云，很好的星月
从牧羊的鞭梢纷纷坠落

粮食们睁大眼睛看庄稼人的脸色
还是有喜有忧，总是有愁有苦

草绳捆扎的日子，连枷敲打的日子
石磨辗转的日子，霜雪追踪的日子

不是在迢遥的抗争中跋涉
就是在漫长的等待中消遁

日子啊，装满大雪的马车就要来了

你可备好过冬的柴火?

一片树林

一片树林是一片神秘
神秘的树林充满诱惑
那些难于言表的美丽
以风的姿态忽隐忽现

会唱歌的幽泉
飘忽不定的云影
悦耳动听的鸟语
不可思议的阳光和风
经过树林的独行者
终被树林的美丽
剥去了灵魂的外衣
愈是真实
就愈是赤裸

为树林的神秘而祈祷
为生态的谐和而跪拜
一片树林　是一片阳光
一篇庄严的《圣经》

随笔　让诗歌的血液在生命中流淌

我写诗，因为我真爱诗

“读史使人明志，读诗使人灵秀。”与生俱来的缘分，使我从小就对诗歌充满了挚爱。我喜欢诗歌的平仄工整，喜欢那深邃的韵律和意境，但更打动我的则是诗歌对民族文化、时代精神和人性光辉等美好事物的讴歌与构筑。

孔子云：“《诗》，可以兴，可以观，可以群，可以怨。”并强调“不学《诗》，无以言。”我对诗由最初的好奇到喜欢，由喜欢到模仿，由模仿到创作，特别是对诗歌中所蕴含真谛的领悟，使我与诗的情感日益深厚，与诗结下了不解之缘，成为生命中不可或缺的精神依赖。我用热爱生命的情感热爱诗歌，用诗歌的语言融化生活所给予我的启迪。诗歌那深邃的意境让我沉醉其中，使我不敢无病呻吟、矫揉造作。我喜欢那种不张扬的沉郁之美，诗歌言外有意、弦外有音的含蓄让我对诗歌这种情感的表达方式爱不释手，“神于天，圣于地”，诗歌既给予了我遨游和驰骋自由天空的力量和勇气，又赋予我脚踏大地如磐石的坚毅。

我虽然总是忙于俗务，但闲暇之余又总是不断有零星的诗歌收获。有人说我不务正业，自找苦吃，我却以为是“忙里偷乐，塑造人生”。我认真写诗，一如认真做人、认真工作一样，诗歌已成为我生命中不可或缺的重要组成部分。每当夜深人静之时，读读诗刊，翻翻旧作，也算一种慰藉，我感到好像冥冥之中注定我就是一个写诗之人，无论喜怒悲乐，缪斯之神始终相伴左右，成为我最为温暖的情感寄托。

我写诗，因为我崇尚诗意的生活

“人诗意地栖居。”诗是一种精神和心灵上的升华，能唤起人们心中的诗意和人世间最珍贵的情感。

我们的时代需要诗歌的号角，人们需要诗歌滋润心灵、抒发情怀。诗意地栖居，既彰显我们对理想生存方式的诗性追求，也承载着民众对美好生活的内心期盼，更是时代的召唤。在纷繁的社会嬗变之中，诗歌有如心灵的净化器，让人们带着感恩之心漫步在浮躁与功利之外，在寻找诗意的天空中保留自身的一份宁静与淡定。我喜爱诗歌，每每惊诧于她给我心灵带来的悸动，流连于激情与文字共舞的旋律；我挚爱诗歌，愿用一生去寻求诗意的生活，用生命感悟，用心灵歌唱，饱含对生活的热爱和对事业的执着。多年诗歌创作的体会告诉我，有了诗意，生存才意味着成为生活。因此，我将诗意长存于心，并用诗歌的形式去反映诗意的生活，深情诉说对美好生活的热爱、向往，纵情歌唱纯真、质朴的爱情、亲情和友情，幸福体味和温馨的生活情愫。我曾在《诗刊》发过宣言：“与诗结伴，爱诗若妻，相依为命，忠贞不渝！”这也是我对诗歌的誓言，并将用我的生命去践行。天地有大美而不言，但诗歌能以其灵魂深处的犀利言说天地间的大美。作为一个诗人，我赶上了中国新诗发展的好时候，天时、地利、人和，不需要去体味“国家不幸诗家幸，赋到沧桑句便工”那种痛楚，因此我没有理由埋藏自己的情感，只有将全部的力量倾情投入诗歌的创作当中，让诗歌和着时代的节拍翩跹起舞，用诗歌的艺术之美去创造更加诗意的生活。

我写诗，我追逐诗歌的灵魂

“文章合为时而著，歌诗合为事而作。”（白居易）在历史上，诗歌从来都是与时代同呼吸、共命运的，诗歌的主题能否紧扣时代脉搏，体现浓郁的时代特色，是关系诗歌生命力的关键。诗人，作为负有特殊使命的人，必须结合自身的文化背景，与自己所处的时代精神结合起来，让自己投身于时代的大潮，用心聆听和感受时代的最强音，并用手中的笔记录下来。同时要能够用超凡的思想觉悟和洞察社会的慧眼去观察和了解现实世界，发掘内涵，发现本真，然后将自身的感受与体悟艺术性地、卓越而超凡地用诗的语境表现出来。正是诗人对时代的关注，对家国、对人民、对民族的深深热爱，对生活的独到发现，对生命的诗意情怀，使得诗歌具有穿越时空的魅力并能够永远为人民所传唱！

当代诗歌必须适应经济社会文化发展的潮流和人民群众欣赏方式的转变，努力提高诗歌的影响力和生命力。因此，我大力倡导立体、多元的诗歌表现形式。就是要使诗歌适应现代人的审美习惯，让诗歌插上节奏和韵律的翅膀，在心灵与心灵之间飞翔，让更多的听众、观众体味文字之外的美妙，享受审美的愉悦，感受汉语言的优美和诗歌的魅力。

因此，真正优秀的诗人，必须以人为本，既要坚持大众化创作，也要为大众创作，努力成为所处时代人民大众的代言人，他的声音也应该成为时代和人民的呼声。从中国几千年来的诗歌艺术发展史看，中国诗歌发展传承的核心就是以人为本的历史和社会价值观。这是我们这个世界毋庸置疑的终极存在和发展方向，这也是诗歌发展和努力的根本方向。

“自从有了诗歌，人生就不是一件枯燥的东西。”心中有诗，诗中有情，我们将诗歌灵魂的种子播撒于每个人的心灵，就能让诗意的生活遍及每个角落。诗意也许并不能给你带来功名利禄，也不能使你光芒四射，但诗意地生活，却可让你在喧嚣中品味隽永，在浊世中散发馥郁，在逆流中坚守风骨。其实，生活本来就是一首动人的诗，我们要学会把自己融入诗意，诗意地生活，用一双善于发现美的眼睛，一颗真诚、丰富而敏感的心，在生命的旅途中久久品味那铿锵而美妙的动人乐章……

刘向东

曾用笔名向东、雾灵山人等，1961年生，河北省兴隆县人。1979年开始发表诗歌、歌词和散文作品，1993年加入中国作家协会，文学创作一级，河北省十佳青年作家。主要作品有诗集《山民》《母亲的灯》《落叶·飞鸟》等多部，另有散文、随笔集《指纹》《惦念》和《白纸黑字——刘向东文论集》等。1993年参加第十一届“青春诗会”。

代表作 母亲的灯

那灯是泥的，那灯
是在怎样深远的风中
微微的光芒
豆儿一样

除了我谁能望见那灯啊
我见它端坐于母亲的手掌
一盘大炕，几张小脸儿
任目光和灯光反复端详

夜啊夜啊，多么富裕
寰宇只剩了一盏油灯
于是吹灯也成了乐趣
而吹灯的乐趣必须分享

“好孩子，别抢
吹了，妈再点上”
……点上，吹了
吹了，点上……

当我写下这些诗行

我看见母亲粗糙的手
小心地护着她的灯苗儿
像是怕有谁再吹一口
她要为她写诗的儿子照亮儿

哦，母亲的灯
豆儿一样
在我模糊的泪眼中
蔓延生长
我看见茫茫大野全是豆儿
金黄金黄！金黄金黄的
涌动的乳汁啊
我今生今世用不完的口粮

新作 草 原

2010年7月17日 与大解在坝上草原深夜说草

草原上仰面话说星空
说着说着说到草直到
入梦

还记得你那河滩上的草吗
那离群索居的小草
因为长在石缝里
——躲过了牲口之口

是的，我说过
风把它们按倒在地
但并不要它们的命

真好！好诗的尽头
是今夜无边的草地
是谁说草是孩子
一种统一的象形文字

管它呢，你看

风又来了，远远望去
一个行人加快了脚步
后面紧跟着三个人

说着说着，他加快了呼噜脚步
越想跟上越跟不上他
我沉默我蜷曲如一团草根

2010年7月16日
张北草原日落时分

盯紧了盯紧了
紧盯着紧盯着
北京时间19点45分
开始下沉
日头
在自己的热血中开始下沉
20点01秒
忽然沉顶

蒙古包里
落地窗前
忽然想到此乃废都
帝王喋血生灵涂炭
血要流尽了
手里捧着心

大风车

大风车在大风口
呼呼降临
你这大叶子白桦树
是哪个神仙栽在山顶

借着石头把心抬高
再抬高一些
想象力跟着运转
以旋转的方式飞翔

就是这儿了
这风的老家的风啊
一年刮两次
一次刮半年

可是风跑到哪里去了
此刻只见风车
以旋转的方式飞翔
气流变作脉脉的精灵

在今夜宁静的星空里
定然有一处神秘灯火
与星星混在一起

与我的诗心遥相呼应

血脉上游的人物

——听盲歌手演唱《格萨尔王》

血脉上游的人物醒来
在流光溢彩的全新舞台
不得不闭上眼睛

据说你的时间有限
可是谁能限定你呢
你已经超越了所有钟点

转瞬凝神聚气
你是你,同时也是
另一个人

王者为王
必是我们当中的一个
并非幻觉的英雄

快,把我带走吧
让我脱离我
留住灵魂抛开姓名

锡林郭勒以西的雨

倾斜的雨丝一路向西
八百里,是十八位诗人
从河北老家带来的

多好的雨啊,老牧人说
这可是今年的头一场雨
草说绿就绿了,石子儿都绿了
河边梳头的野花儿照着镜子

高唱着我们不是害虫
向着没有草的草原奔跑
风云头一次顺了诗人的心

忽然要在二连拐弯儿
向北给扎门乌德一个惊喜
想不到雨也停下来
和我们一起办理护照

敕勒川

已经立夏好几天了
阴山下的敕勒川
有春天的日头
没有春光

埋在土里的闷雷
不睁眼睛

然而这是春天
亲人置身其中

剜野菜的老姨篮子空着
针尖儿一样的沙葱顶开干牛粪
尖叫了一声
叫来了苦苦菜、婆婆丁

羊像羊群一样白

羊像羊群一样白
是一个半大孩子说的
羊像羊群一样白
一只挨着一只
低着头
往家走
头羊在前面探路

走着走着溜出一只
蹦着跳着咩咩叫着
向孩子奔去
孩子说除了他没人知道

她会亲吻
还不会拥抱

刚刚落草拜过四方
她没了亲娘
他说她是他抱大的
是黄米米汤喂大的

她要追着他
到杀虎口的口里打工去啊
羊像羊群一样白
换上了一身新衣裳

看　见

太阳来了月亮去了
星星走了

小小的蜥蜴张着嘴
依然在草叶的下边等

沿叶脉而下的小小露珠儿
到了草叶边缘
急得像是再也挪不动了

随笔 诗歌与真理

——在第45届贝尔格莱德国际作家聚会上的演讲

海德格尔在《论人道主义》中说，诗歌的本质，是语言的本质，“存在在思中形成语言。语言是存在之家。人栖居在语言所筑之家中。思者与诗人是这一家宅的看家人，他们通过自己的言说，使存在敞开，行乎语言，并固置在语言中”。这样说来，就意味着诗人在处理与他所处时代的生存关系时，需要独自创造一种话语方式，建立一个属于自己的语言世界。也可以说，诗歌接近真理的过程，是精神的过程，也是语言的过程；诗歌接近真理的难度，是精神的难度，更是语言的难度。

诗人与普通人在肉体上没有什么差异，否则我们会同意将诗人归入异类。但诗人肯定不是偶然出现于人类之中，他们善于谛听或倾诉，感、觉、悟比较灵敏，并且常常希望自己像善于想象一样善于表达。

从我们汉诗的起源来看，有两个基本点：一是表意，再是声音。汉字出现以前，诗歌已经产生，命名了世间万物。随后，诗歌成为人类存在的或可能存在的一切富于想象力和净化力的表达。数千年来，杰出的诗人伴随祈祷和沉思，以自我的方式集中自然、哲学与历史学的精义，展示出来自我的现实生存之外的更高的美德和绝对神圣，以祛除遮蔽的、与现实生活对称抑或对抗的、高于生命存在的言说方式，代天地立心，指出“什么是，什么不是”，“什么应当是，什么应当不是”。

从诗歌生成因素和内在精神上，一个诗人好比一个信徒，通向先知、承担者和神。真巧，“真理”原本也出自宗教用语，天意君须会，诗歌与真理的内在机缘，看来也是天意。只是在诗人这里，人与“神”的关系非同寻常。如果说求真意志下的语言是诗人的神，这个神是诗人创造的心灵景象，是光明正大的隐私，只存在于诗人的精神中，通过诗人对现实生命的独自体悟和自身的语言创造力来确立。喜欢诗的读者在内在精神上与诗人应该没什么两样。在我们部分中国人的生活中，诗就具有准宗教的角色。就说唐诗，差不多成了一些人的宗教。"床前明月光，疑是地上霜""白日依山尽，黄河入海流"，小娃娃，张口就会背，从小到老，诗意几乎和我们的生命与生活息息相关，成为信仰的一部分。

借机简单梳理一下我自己的写作吧。我的母语读者，常常把我归入"乡土诗人"。而我对"乡土诗"和"乡土诗人"则持有相当程度的保留态度。并不是我对"乡土"一词有多大偏见，是我觉得，诗就是诗，写什么并不特别重要。我在《回想》中写道：

据说我已经是诗人了
是乡土诗人，土得要命
而我
在离家很近的贵宾楼过夜
家乡依然在我梦中

我对"诗人""乡土诗人"乃至"土得要命"的态度，"在离家很近的贵宾楼过夜 / 家乡依然在我梦中"这种现实处境，实际上道出了我作为诗人心目中的"家乡"，大抵不过是一种"梦中"的存在。有道是城市是人造的，乡村是神造的，深究起来，从乡村到城市，有可能是人类从神到人的一次下降。进城之后，与乡土若即若离，我不再真正拥有家园——乡村，这就是命。而最终，乡村和城市，也不过是我途经的驿站，泥土，或者说大地，才是我的终点。这，就算是我的"乡土诗"之"真相"吧。

前不见古人，后不见来者。

念天地之悠悠，独怆然而涕下。

唐朝诗人陈子昂的这首《登幽州台歌》，在中国家喻户晓。我也试着写过一些与土地、亲人和坟墓有关的诗歌，主观上试图提示人类生存中的相关问题。面对生与死这个人类生存中最根本的问题，我曾经想，所谓人的一生，不会比生与死之间更短，也不会更长。转念又想，人死之后，就不再死了。看大地之上，曾经有过多少古人，也曾像我一样走动，现在在哪儿？或许他们全都约好了，藏起来了。至于后来人，那是另一种形式的隐匿，就藏在父母体内，等待时间的召唤。人生的两端有可能是隐形的，诗人站在前后都是隐形者的序列之间，眼“不见”心见，感受着人的无穷无尽的秘密。最终，前有古人，后有来者，他们被诗意的文字确立，以高于生命的形式显现。

孙武军

1957年生于浙江定海白泉，自1974年以来，已发表了诗歌、散文、小说多篇首。还发表了《什么是诗歌》《客观意象》《我所观察的海》《舒婷〈双桅船〉的意象》《解读〈礼魂〉》等论文。作品被选入《青年诗选》《朦胧诗选》《探索诗集》等二十余种集子。出版诗合集《三棱镜》。1980年参加第一届"青春诗会"。

代表作 在杭运河码头(节选)

一

从什么时候开始
西施这所有少女的碧落
淡蓝的血管里
永远流动着漂满桃花的河
故国的小船
从河上划过

从什么时候开始
水中的屈原
在水中唱歌

从什么时候开始
我们叮当作响的玉佩和麝香
迸裂如顽石
不再蓄满精美的死波

从什么时候开始
我们敢于在热吻后
轻轻对情人说
多刷一次牙好吗？答应我

二

我是从渤海湾来的
从苹果林雪白的花朵

我在东海中
一块巨大而干净的礁石上
小路边的一座亭子里
离开十九岁的母亲
和世界会合

我却不得不选择一个黑夜
一个天色和这水色
一样黑的时候上路
小船如刀
划开这条历史的长河
夹岸零乱的眼睛眨巴着
风无助地走过
我知道我行驶在水的尸体上
它还在为我哗哗地唱歌
悲哀美丽的
这样不能让我逃脱

就在这水声的底下
浸泡着隋炀帝和歌女

浸泡着大树剖成的画舫
幽暗笙歌
难道是他们
将这河水浸泡得如胶如漆
如同什么奇妙的补酒
你喝我也喝

淤泥不能拨动我的肺叶
只有烈日下的盐
能拨动它如同裂帛
屏住呼吸这绝不是生活
因为一切,因为一切,因为一切
都是我的!

三

我们,粘着蟒皮鞭,粘着杠棍
咬紧绳索,咬紧草露
流淌烈日,流淌诅咒
劈砍生存,劈砍坟墓
我们,开凿运河的奴隶啊
还有没有一点人的面目?

当运河像身体上的裂口
从胸脯一直划到脚踵
裸着雄壮的痛楚

当那水汹涌而来,野性勃发的水
掩埋了父老兄弟的尸骨
当波浪如初生的野牛,扬起清新的泥土

大地沿着河道延伸
飞龙在田
大地之龙贪婪地吸入
苍穹那蓝色的血液
我们笑一下
我们会笑一下的
无论是为了活着
还是为了一个遥远的占卜
这道黄金的闪电
愈合了灾难深重的人类
最后一层被剥离的皮肤

你们
站在任何耻辱和痛苦之中
都不能消灭的黑土
你们,奴隶的子孙
奴隶祭坛上的金乌
能够告诉我们什么?
让我们的亡灵盛开鲜花吗?
让一滴甘泉
渗出我们正在成为化石的尸骨?

新作　三条河流

献给绿色和平组织

一

黑色的史蒂文森伫立在办公桌上
头顶闪烁着羽毛的光泽
他的乌鸫的视线
观察着千年的书籍
这不适宜筑巢的材料
他神经质地挟着孵卵期的口粮
跳跃着
摆脱着
从一个枪口到另一个枪口

二

最后一滴雨被人从眼角抹去
台阶上一片闪亮的旷世表情
泰戈尔如果在看电视
只有电视里还在下雨
在自己暗绿色的家中
雨哗哗哗哗
一只猴子坐在树枝上整整一生
前爪搭在
它没有鼻梁的鼻子上

三

凿开女人的乳房而且
是石头的乳房而且是石头深处
罗丹寻找着最初的空气
这空气锋利的刃
割断了思想者回到子宫的道路
他紧张地蜷缩着
肌肉充胀
这姿态与其说思想不如
说呼吸多么困难不如说呼吸

四

一个作为柱子的希腊少女
看着邓肯脱她而去
披着她白色的长袍赤着她的脚
泥土给予她舞蹈
还差一点给予她孩子
她像燕子掠过世界的手掌
然而再也无法回去
守卫神殿的大理石少女
从此不再需要眼睛

五

他的耳朵不够多
只能割下一只献祭

向日葵鸢尾花丝柏和麦子
旋转的星星和流淌的天空
凡·高燃烧着
脸上的种子冰一样炙人
他看到了我们看不到的事物
我们就称他为疯子

六

非洲的豹子有一个记忆
它来到乞力马扎罗雪峰之巅
默默地站着
原谅海明威吧
就像豹子原谅另一只豹子
他最后一个猎物的秘密
在赤道孤独的雪上
没有人知道它是怎么上去的
接近它只有死亡

七

老子临河而止
呆若木鸡
面前是船工澎湃的动作
然后有人说第二条河流是裹尸布
第三条河流便是施特劳斯
沿岸教堂里春之钟声

赞美着所有蓝色的事物
他隔土指挥
清水流淌家家户户的厨房

八

一个国家的诞生如同一棵草
一个世界就是一百多棵草
每一个国家都可以像草一样谦卑地
倒伏在惠特曼的鞋旁
草在工厂里劳动
流水线因为汁液而无法中断
男人和女人的作品
形而上形而下地环绕歌手
惠特曼头顶光轮般的草帽

姚江边的普希金

最终,普希金没有到达
十二月党人的西伯利亚
雪橇飞奔,美人老去

疯狂的剧情
安排诗人来到宁波
一个中国江南的城市
在摄氏四十度的空气中
他身着大衣

面色如铜

那非金石的纪念碑
早已矗立
这洒满月光的世界上
仅仅留下一个诗人

姚江的夜鹭哇的一声
鬈发浓密
诗人高昂着头颅
他在思考自由
还是“姚江”这个词的发音

江边璀璨食府文化喷香
没有人会邀请
这个永远咀嚼“专制”的怪人

他面前法国人设计的大剧院
也许会上演《上尉的女儿》
在票贩子的倒卖声中
善良的感情
跟随他而来

不知为什么只有佛罗伦萨的大卫
和他一起眺望姚江
让他想起朋友恰达耶夫

"还我风雪,还我风雪,
还我漆黑的漫漫冬夜。"
驱车拥向他身边夜总会的人们
时常会听到一个
怪异的声音

诗　艺

诗插在你的喉咙里
像刀一样割破你的肌肉
诗堵塞你的呼吸
然后又给你呼吸
你保持饥饿的姿势
又痛苦地不停摇头

你想拒绝什么?
什么都已经拒绝了你
我把你纸一样的手抬起
它就像纸一样地垂落

你紧闭双眼,不停地摇头
这不是诗歌的韵律
不是舞蹈
这只是说明你全身
只有头还能听你指挥

诗在你没有空气的喉咙中
凿开一条隧道
像一张冷酷的嘴
对着你的肺叶吹气
那没有任何感情的氧气
一直在吹下去

你不停地摇头
你一生中的感情
现在就只剩下这一点的痛苦
一切都是为这该死的诗歌
这该死的诗
现在正插在你的喉咙里!

随笔 更好的诗

一

读尼加拉瓜诗人埃内斯托·卡尔德纳尔的几首小诗，忽觉这位“继智利巴勃鲁·聂鲁达和秘鲁塞萨尔·巴列霍之后拉丁美洲最重要的诗人之一”的老诗人天真得可爱。

老卡1925年出生，在国内和墨西哥、美国等国求学，游历过法国、西班牙和意大利等国。曾参加攻打总统府、袭击独裁者索摩查的武装起义。他又进入美国和墨西哥的修道院研究宗教教义，成为教士。后又为桑迪诺运动从事外交活动，访问了法国、德国、西班牙、瑞士、芬兰、丹麦、荷兰、意大利、苏联等国。1979年尼加拉瓜新政府成立后，他被任命为文化部长。

就是这样一位生长在这个“百年的孤独”的土地上，见过如此世面、经历如此丰富而坎坷的诗人，写出来的诗，居然天真得像一个孩子，不，天真得像一个仙子，仿佛根本不食人间烟火。这个世界的任何丑陋和罪恶，一丝一毫都无法进入到他的诗中。

显而易见，老卡对诗歌的感情，几乎是一种宗教的膜拜。诗歌就如同上帝，如同天国。“倘若你在纽约，/纽约便没有其他人；/倘若你不在纽约，/纽约也将是一个无人的城市。”这位诗中的爱人，是唯一的世界；没有她，世界便不存在，这不是上帝是什么？“这就是我的报复：/有朝一日，一位名诗人的书 / 将送达你的手里，/你将读到作者为你写的那些诗句，/ 面对他，你却一无所知。”这回轮到诗人成为上帝了。总之，老卡的诗论就是：在诗歌中，诗人和对象轮流成为上帝。

二

其实，我只是读了老卡的十几首小诗，并没有读到他的全部作品或是重要的代表作，就论定他的诗歌是"天堂诗歌"，可能会以偏概全，不得要领。但是凭我诗人的感觉，我对老卡的论述，至少在一个方面是不会错的。他对诗歌，对诗人，有着一种最为纯真、最为热情的信仰。

"因为他用他的诗歌 / 纯洁了人民的语言，/ 有一天，人们将用它 / 书写贸易协定、宪法、/ 情书和法律。"这种"诗歌至高无上"论，除了是诗人的信仰外就不可能再有什么道理了。

显然，如果有一天真的用诗歌来写贸易协定、宪法和法律，那这世界要么彻底乱了套，要么就真的是天国了。如果是天国，那也就不再需要贸易协定和宪法、法律之类的劳什子了。在那里大家尽可以每天都说诗。反正你说什么都是幸福无比的。

所以，诗歌的独特语言是不能作为世俗语言的，它是精神的和想象的，它没有任何的约束力，完全是不负责任的。没有人会为普拉斯在诗中说了"父亲，我要杀了你！"而去定她的罪。当然，历史上不乏因为诗句而获罪甚至被砍头的，这恰恰就是因为将诗歌当成世俗语言进而判为世俗行动的后果，这是人性的黑暗所造成的。不让人说话是黑暗的；不让人写诗是黑暗中的黑暗。

三

老卡骨子里是一个浪漫主义的诗人；而我不能那么浪漫。我认为，贸易协定、宪法和法律因为它们的应用性，还是自有它们的文体特征为好。尤其是，没有任何约束力、完全不负责任的诗歌语言，某一方面与谎言颇为接近。如果用心险恶者用它来书写贸易协定、宪法和法律，那么，写出来的，很可能不是诗歌，而是谎言。尽管它看起来十分纯洁、十分无辜。

而诗歌，还是只写情书吧。

一封古老的情书说："天啊！我想和你相爱，这爱长命永不衰绝。除非高山变成平地，除非江河干涸无水，除非冬天雷声阵阵，除非炎夏下起大雪，除非天地重合到一起——到那时才敢和你断！"人类正是说出了这种语言，才真正摆脱了原始的兽性，在地球上生存下来。这种没有任何约束力、完全不负责任的语言，是想象力的孩子。想象力穿过心与心的最为自由、最为激动的交融，到达灵魂的巅峰。

而在今天，要能真心写出一封美好的情书，已经可以划入"幻想"的范畴了。

四

老卡，我爱你描写的这位曾常常徒步走过这些街道的潦倒诗人，他就像秋叶飘过般的魏尔伦，和这个酗酒的家伙一样纯净，他是坠落人间的天使。

我也曾常常徒步走过这些街道，但是我更加忧郁和绝望。水泥桥、大涡轮机、拖拉机、银色的谷仓之类，我们都差不多有了，这让我更加忧郁。这些物质的庞然大物，会轰隆隆地掩盖我们没有精神的悲哀，甚至会虚妄地宣告我们战无不胜。对人生最后一样东西——死亡，我甚至都是绝望。为什么连我的死亡，都比你的诗人的死亡更加可怜？我的那个小小的骨灰盒，怎比得上大地中的一座墓地？即使墓前没有碑志。

我的忧郁，没有"巴黎的忧郁"那样艺术而高贵。很多时候那是一种"庸人的忧郁"。我真的有职业，有温饱的钱，甚至也有一点社会地位。妓女和醉鬼绝对不会知道我的诗，连诗人都忘了我的诗句，他们只记得自己的诗句。我没钱没权，真的没有出过国。我遵纪守法，也真的没有被关进监狱。这么一个庸庸碌碌的人，却以为自己是诗人，有谁知道这会造成多么大的悲哀吗？

五

其实，这是一个想象与现实的事情。在现实生活中，诗人就是普通人，吃喝拉撒，生老病死，肯定不是上帝；但是在诗歌的想象世界中，诗人就是上帝，他说什么就是什么，他主宰一切，他无上高贵。

弗里德里希·恩格斯论述歌德时说："在他心中经常进行着天才诗人和法兰克福市议员的谨慎的儿子、可敬的魏玛枢密顾问之间的斗争；前者厌恶周围环境的鄙俗气，而后者却不得不对这种鄙俗气妥协、迁就。因此，歌德有时非常伟大，有时极为渺小；有时是叛逆的、爱嘲笑的、鄙视世界的天才，有时则是谨小慎微、事事知足、胸襟狭隘的庸人。"这里虽然说的是歌德作品中思想的复杂性和双重性，但同样可以说明同一个人既是想象中的诗人又是现实中的普通人的情形。

但是我觉得，诗人最好不要在生活中太卑鄙。然而现实却是：多少诗人在诗中都很卑鄙。

老卡你在《早晨》这首诗中说："兄弟，你看，天亮了。/……你看见了吗？更远的地方是太平洋，/它几乎是天空下的一片纯洁天空，/实际上我们就住在天上，/只不过我们不觉得……"

你知道吗？我是多想把这样的诗送给我的一位朋友，他也是诗人。我刚刚得知他死了。可是，我就是写不出你那样"明净和凉爽"的诗句作为挽歌。

六

老卡，你不要责备我的颓丧，不要厌恶我玩世不恭、荒谬的歌声。你的朴实、纯真和优美，是最让我嫉妒的。我痛恨自己为什么不能像一个孩子，自顾自地唱着那些无忧无虑的歌；我为什么不能像上帝那样被雪白的天使围绕，而一定要像巫师，盯住不祥的预兆，发出恶毒的诅咒。

“更好的诗”，最初我是想说我仿写的诗比你的原诗更好。最后我知道了，你的原诗更好。诗，就应该是上帝的笑容，是天国的琴声。

卡尔德纳尔，我以我锋利的诗歌，向你致敬！

写于公元2009年最后的几个日子

车延高

1956年生，山东莱阳人，2005年开始业余诗歌创作。2007年加入中国作家协会。有意探索诗歌风格的多样化，尝试在形式上打破拘泥。已在《诗刊》《人民文学》《人民日报》《光明日报》《星星》《诗选刊》《长江文艺》等报刊发表诗歌多首。组诗《日子就是江山》被《新华文摘》转发，2010年获第五届鲁迅文学奖。

代表作　现代的唯美

一具牛头骨,存放在戈壁深处
不是文物,不是装饰,四野都荒凉

一个生命想走出不毛之地,永远地累了
嚼咽过草原的身躯轰然倒下
被风沙雕琢成死亡的记号
没有碑文的墓地,不见一棵青草
当年的骨髓开不出花

那两弯倔强的犄角依旧活着
摆出姿势,现代的唯美
像援引的弓,射落多少星星
最小的星体降临大漠,与一粒沙相依为命
像锐利的刀,劈开一滴血

在温暖中升起的,我叫它太阳
在苍白中痛醒的,我叫它月亮

新作 心有千千结

一寸狂心未说

刘海遮额时，我不认识你
住在那里的一棵树叫银杏
每到橘灯挑亮，我都在风里眺望
你家镜子里，有一张红扑扑的脸
梳头，手臂的姿势优美
东起西落的月亮就去窗边
看你漂漂亮亮的眼睛
我胆子小，躲进丁香花丛
看你走路，走出林黛玉的腰
这时小园香径徘徊，月华如练
天未老，情初发
含情脉脉的手摘一片扇状的叶子
贴于鬓边，是一枚金色发簪
脸就侧过来，一往情深，不知看什么
窗外的我，正为相思所累
一寸狂心未说
心有千千结

走进词的院子

刚诞生的冷落,把我搁在半坡村
风,掀开旧痛,应该叫桃花劫
粉红色一摇,装裱出点绛唇
从一首词的院落里出来,先去燕山亭
又入南乡子
虞美人恰好十八岁,漂亮的心
抛弃了唐、宋、元、明、清
苏幕遮手持一剪梅
怀有企图的眼睛像绝版的蝶恋花
谁的罗带心结失恋,一缕相思
凤凰台上忆吹箫
此时,祝英台近,小重山远,西江月冷
玉楼春,年年跃马长安市
只苦了念奴娇,鹊踏花翻
搀扶那一抹孤芳自赏的闺怨
惜红衣,长袖一回回拭泪
直到玉蝴蝶飞远,望断处,云收雨歇
推第一扇窗
风流子,一根海风吹玉骨
再推一扇窗
安公子,半边斗笠收残雨
等夜深,长安一片月出来了
万户捣衣声骤歇
卜算子从失眠的梦里来,击梧桐,夜游宫

大唐王朝圆寂，一根指骨蹲在那里
文化，叫它风骨
西安人，叫它大雁塔

如梦初醒

灯花开过千年
没来一只蝴蝶。我侧身于旁
和花朵眉来眼去，脉脉两情难诉

笑是演戏，哭也是演戏
我知道风流倜傥只是镜前的扮相
其实骨头里爱惜羽毛
把一寸名声活得比自己累

每日承欢侍宴，看花开花落
还要高瞻远瞩，用多余的目光关心世界
结果心猿意马，事倍功半

静下来，潜入镜湖
吞服那片被水熬制千年的皓月
细寻前迹，如梦初醒

我多像一条鱼，鳞光闪闪
把天外的月追了一生，除了空空还是空
既负江山，又负美人

生摆脱死

莫须有的妊娠，孵生黎明
太阳恰如灵魂出窍，摆动浪花
轻轻一跳，海就低了
混沌和混沌剥离，生摆脱死
真不知太阳把海煮了一夜，还是
海把太阳煮了一夜
天上红若炉火，海上一片沸腾
上下五千年，地平线稳坐龙王的交椅
时间在礁石上征战，弹指一挥
大潮埋没了安静
太阳霸占了天空

用今生眺望来生

站得低，也能看得远
那些在煤窑和矿洞深处观天的人
被星星和月亮打入冷宫
他们构造底层，在地球的皮肤之下绣花
视觉没有长度，针孔穿着光线
用大智慧模拟蚂蚁的搬运术，矿灯
每天照向光阴的反面
让活生生的思维预见死亡
他们不知道害怕，冰清玉洁的汗珠单纯

遇见偶尔的微笑就相信幸福
白色的牙与黑色的煤平分秋色
把"断魂分付与,春将去"视为人间词话
即便矿洞坍塌,也信赖本能的慧眼
在地表以下转世,用今生眺望来生
灵童一般睁眼,高低对应阴阳
把"皇帝轮流做,明年到我家"翻译成
"三十年河东,四十年河西"
然后去河里洗涤灵魂,透过一滴水
看另一个世界
去那里的路很远,山高水长

心有灵犀的灵犀

没有觉悟的鱼游过来,啄食
潜入水底的月亮
这是原始的光盘吗?
为什么不录伯牙的琴声
为什么要等一柄琴摔碎了孤独
才去琴断口寻找,跟着
浪花流浪的传说
很多年了,月湖总替一轮月清洗磁头
生锈的时间很长,子期只回来一次
坐于柴捆,一副樵担横为桥
耳朵,还是当年的恭敬
听李谷一唱一首流行了很久的歌

没有骨气的泪，又在眼眶里打转
知音太少了！心碎过一次的人
为什么忘记痛
重来故地，挑断崭新的琴弦，折磨
一颗心有灵犀的灵犀

对视的眼睛亮着

为了结实，在红木条凳上构思过
陪柏拉图，收藏你最后一寸爱
用传统的手编织篱笆
将我的今世，马放南山
没想到你比蝴蝶胆大，飞过来
一语不发
左边的翅膀牵了风，右边的翅膀挽我
大义凛然，旁若无人
我突然想起了儿时的伙伴
想起咱俩嘴对着嘴吹灯
熄灭时，对视的眼睛亮着
你的睫毛碰了我家窗帘
大错铸成，幻象成真
待我挟持自己逃出来，一节肠子
悔为九段

两袖清风出海

一脉斜阳，水把世界晃得忽高忽低
帆樯疯长，经线和纬线绑架了地球
我从地磁的南极逃到北极
又被子午线用时针拨回来
等待，从漫漫无期到一无所有
你依旧像神，坐在比化石古老的海岸上
牙齿上有阳光骄傲，是微笑的孩子
面对温暖，浪花涨高一尺
我的祖国就长高一寸
现在，我两袖清风再次出海
股本攥在手里，汗是未来的支票
你站立的姿势是另一种礁石
摆动的手可以是告别，也可以是召唤
我会回来
我没见过海枯石烂
我只相信你眼里湛蓝的潮水
我的奢望很小，坐于一片风
和你一起放牧大海

把输改写为赢

很高傲，李白眉梢吊着唐朝
用骨头的姿势抱拳，算是揖首

其实,他不认识崔颢
墙上的题诗是没有作序的自我介绍
他用半只眼睛听
眉宇间茫茫九派,耳畔卧一架古筝
排列的弦上流动水声
有酒香十里,芳草萋萋

他站立于妒意,手里的笔提起放下
墨浓,有禅意,一滴一滴落入江水
叹息被潮水抻平,把一个输字改写为赢
像大唐的后裔,熬瘦了鹦鹉洲

在他转身的地方,时间守了一千三百年
至今空空如也,只站着他的一身风范
那是比红木还重的第一把交椅

崔颢更瘦,为伊消得人憔悴
被一根风贴在墙上
朝花夕拾的眼睛,藏下多少烟波浩渺

如今,那首诗成为遗产
两个人的佳话也成为遗产
来来往往的人都不空手
顺风人情,海大的面子

随笔　业余时间也要务正业

用“无心插柳柳成荫”形容我的业余文学创作比较恰当。在基层工作时我崇拜鲁迅，侍弄点杂文。工作岗位变动后，有点树大招风，再写杂文怕被人对号入座。但业余时间操笔已成习性，不写手痒，于是选中了诗歌。且一发不可收。2008年出版了诗集《日子就是江山》，2009年出版了诗集《把黎明惊醒》《向往温暖》和大散文《醉眼看李白》。

对于我的业余写作，有好心的朋友提醒：“你有本职工作。小心人家说你不务正业。”

我说你看看我第二本诗集的名字就会明白（诗集的名字：《把黎明惊醒》）。

公务员其实都是大办事员，从事的工作极繁杂，常常被各种突发的、琐碎的事务搞得焦头烂额。就创作而言，灵感要依从自己的角色转换，没有一个受孕、怀胎的过程。所以我明智，那些耗时冗长、阵势庞大的文体我伺候不起，就倾心于微言大义、可长可短的诗歌和散文创作。

将第二本诗集取名《把黎明惊醒》，应该说是我业余创作的真实写照。在自序中我这样描写：“挤进时间的缝隙里写作。”这是我写作状态的客观告知。作为一个业余时间爬格子的人，能够归我支配的固定时间只有早晨五点十分到七点四十分。这段时间是黑夜和白昼交接的临界点，也是休息结束和忙碌开始的转换期。我会很自觉地挤进这短暂的自由空间里耕耘。

面对天边微现的亮光，用手推开窗，不知是我惊醒了黎明，还是黎明惊醒了我。我只知道写着写着太阳就靠近了窗边。提醒我去上班。所以我很满意“把黎明惊醒”这个书名。它符合我创作的实际，我的大部分作品都是在黎明时段里写就的。有人说我的人生有一个缺憾，丢失了睡回笼觉的时间。但我有额外收获的快感。很多我喜欢的诗句都是从黎明的亮光里孕育出来的。

我看过一个资料，唐朝的鼎盛期，官员中的各类文人占了近80%。看来从政和从文是可以相得益彰的。毛泽东是伟大的政治家，也是闻名世界的诗人和书法家。他在那么艰苦的战争年代都能兼顾，我们比之他就更没理由叫难。再说了，一个公务员，在业余时间能把精力用于文学创作，肯定比在牌桌和麻将桌上耗费精力有意义。进入文学，才能热爱文学，热爱文学，才会支持文学！我觉得文学要吸引更多层面的人进入，文学队伍才有实力。

坚持，可以固化持续学习的能力

我对汉语言文学有一种透至骨头深处的热爱。但因种种原因，我在最适合读书的年龄没能好好读书，这是我一生的遗憾。错过了人生学习的黄金期。

前不久，有一个刊物专访我，我对编辑说，我们这一代人的生活轨迹是坎坷的：出生时遇上灾年，饿过肚子；正值读书的黄金期，遭遇了“文革”，停课闹革命；到了工作年龄，遇到上山下乡，去了“广阔天地”；等我们过了读书年龄，又恢复高考，生活逼着我们去读书。但回头细想，我们是不幸之中有大幸！

说不幸，是因为那时生活似乎有意和我们过不去，在我们要走的路上布置了太多的坎坷，让人跛前踬后，一再错过。

说大幸，是因为我认为生活是一块很负责任的磨石，它在逆向用力时恰恰砥砺出我们特殊的人生经历和百折不挠的品格。它决定了我们这一代人必须在坚持中努力，必须靠持之以恒的学习去追赶和挽救自己，因为我们错过的太多，所以时间用它的鞭子抽着我们奋进。

我十六岁参加工作，当喷漆工，后服役六年。二十五岁时复员到武汉工作。先当临时工，之后以工代干。回望走过的路，我从未停止过学习。先是自学，一种填鸭式的读书，狂补自己的空白。然后去读各种补习班，考电大，读党校的研究生。直到前年六月才获取武汉大学政治经济学博士。整整耗时七年，其间几度动摇。拿到文凭时，我在心里问自己：人过半百了，这么熬，值吗?!

现在回望走过的路，我认为值。就是在这么一种将“攻”补过的进程中，养成了我“挤”和“钻”的精神。

好诗人必须不断突破自己

首先声明，这只是个人的一孔之见，也是我对自己的苛求。因为在读诗和写诗的过程中，我发现了一个普遍现象，就是读一些优秀诗人的作品，开始拍案叫绝，继而眼熟，之后感觉有似曾相识的重复。我自己只按一种风格写时也遇到过这样的困惑。究其原因，除了积累和文化功底薄弱之外，另一个原因是写作手法单一所致。

我认为，就大多数人而言，写作风格是因人而异的，不能强求一律，就像我们不能把张飞和林黛玉同等看待，去给其分派活计。人是有区别的，有的人性格特征明显，具有单一性；有的人具有性格的双重性或多元性，他可以把多种性格表现集于一身。因此在诗歌创作中不能说一个诗人只恪守于一种稳定的风格就是成熟。我认为，能依照自己所长，把一种专属的风格写到极致是一个成熟的诗人。但能在此基础上突破一二，于大胆的尝试中进入另一种风格或更多的风格，应该说是成熟之后的再成熟。这是一种更高层次的创作突破。

至于说诗歌创作中的现实主义与浪漫主义、豪放派和婉约派之分，只是就整体诗歌风格来划分的。其中虽有不同的代表人物，如杜甫和李白，辛弃疾和李清照等。但并不等于这些诗人就只能囿于一种固定的风格去写诗。比如李白是浪漫主义诗人，但他的现实主义诗作同样闪射光辉。我们去读读他的《丁都护歌》和《静夜思》就会有感受。至于李清照，我只列她最有名的句子："生当作人杰，死亦为鬼雄。"你能说没有大丈夫的豪放吗?

所以我曾说过一个观点：如果两本水准相同的诗集不署名出版，一本诗集到了读者手里，捧卷一读就知道是谁写的，那么作者一定是个很有特性的诗人，我只去他诗中寻找借鉴；另一本到了读者手里，读后一致认为是几个人合写的，那么作者一定是很有实力和创意的诗人。

美好青春共回眸

——芦芽山首届“青春回眸”诗会侧记

彭敏　王觅

引子：千里驰驱为回眸

红日初升，其道大光。清晨八月的京城，太阳像出炉的钢水倒进街巷。城东一座寻常院落门前，车马游龙，熙来攘往，人群像烟圈一样四面飘散。当中，有一位白发萧骚的老人，双目如炬，负手而立，旁边是一位身形瘦削的老妇，两人不时地对望一眼，似在等待着什么。行人如潮水泻过，不时有一两人喜呼出声，像受了磁铁的吸引，聚拢在老人身旁，眉目耸动，言笑晏晏。语过三巡，一辆蓝色大巴轰隆隆喘着粗气停在院门口，车门洞开，一个面目黧黑、身形粗豪的大汉高声喊道：“人齐了么？上车上车！此去必少不得三五个时辰，早发先至，莫要拖延！”于是众人一阵忙乱，在京城浩荡的车流中，一辆写着“山西芦芽山旅游专车”的庞然大物轮轴翻滚、通体沸腾，望西绝尘而去。

这一天，是公元2010年8月16日。满头银发的老人，名叫王燕生，是《诗刊》社原编辑部副主任，身旁的李慧敏是《诗刊》社的退休干部，也是王燕生厮守大半生的妻子。陆续赶来的人中，有中国作家协会党组成员、副主席、书记处书记、《诗刊》主编高洪波，还有著名诗人、鲁迅文学院原常务副院长雷抒雁，诗人、《诗刊》常务副主编李小雨，评论家、作家出版社编审唐晓渡，诗人、《诗刊》副主编刘希全，中国作家协会办公厅王志祥,《诗刊》编辑唐力、赵四、彭敏,《文艺报》记者王觅。

一行十二人,风风火火赶往山西省忻州市宁武县芦芽山景区,是要参加一个名为“青春回眸”诗会的大型活动。说到“青春诗会”,稍稍写过几行诗的人都很熟悉,向有诗坛“黄埔军校”之美誉,是诗坛上的青年才俊借以一显身手的绝佳舞台。而“青春回眸”诗会,顾名思义,则是在青春逝去之后回眸凝望,用诗歌来纪念那久远的年华和去而不返的一切。参会的诗人由两部分构成:一是曾经参加过“青春诗会”的诗人,一是因种种原因当年未能参加“青春诗会”而创作成就斐然可观的诗人。“青春诗会”已是《诗刊》社享誉诗坛的陈年佳酿,“青春回眸”诗会则是资深编审周所同开动脑筋研发出来的一款新产品,一经问世,即在适龄诗人当中引发了热烈的反响。

经过层层筛选,参加首届“青春回眸”诗会的十三位诗人是:河北诗人张学梦、大解、刘向东,陕西诗人孙晓杰,山西诗人贾真、郭新民,四川诗人杨牧、张新泉,重庆诗人华万里,浙江诗人孙武军,湖北诗人车延高,广东诗人徐敬亚、王小妮。十三位诗人,来自天南海北,他们当中,有专业作家,有著名编辑,有大学教授,也有高级官员。2010年8月16日,他们像一群散落的金属受着“青春回眸”诗会这块磁铁的吸引,陆陆续续抵达了山西宁武境内靠近芦芽山的一个宾馆。

因这次活动,整个宾馆几乎全被包下。所有人安顿下来后,第一个动作便是冲到走廊里,敲敲这个门,聊会儿,敲敲那个门,聊会儿。楼道里一响起拖箱子的声音,常常是几扇门同时打开,探出头来看是谁来了。听到哪个房间动静大、笑声高,赶紧过去凑个热闹。参会诗人中,有的是长期以来在诗坛上活蹦乱跳、朋友遍天下的“老面孔”,有的则可能已经从诗坛淡出多年,无论新欢旧识,无论阔别多年还是三天两头碰面,聚在一起,都像有说不完的话、发不完的笑。

晚上七点,当地政府设下盛大的招待宴,明亮的大厅里笑语喧哗、觥筹交错，而舞台上盛装披挂的蒙古族表演队极具民族风情的歌舞表演，则将宴会的气氛推到了顶点。一边聆听来自大草原的天籁之音，一边还有美丽的蒙古族少女捧着酒杯献上洁白的哈达，此情此景，怎不令人心神迷醉?

宴席当中，本次活动的承办方芦芽山旅游发展有限责任公司的董事长贾真为欢迎大家的到来发表了热情洋溢的讲话。他说，近年来自己虽已不太写诗，但一直对诗歌怀着深厚的感情，此次积极承办首届“青春回眸”诗会，也是希望能以文学的魅力不断推动本地区的文化发展。

晚宴过后更精彩。在宾馆门口的空地上，我们来时便看见用纸张木柴堆叠着一个柱状的物体，心中好生诧异，这时才知道，燃起来竟是一堆温暖明亮的篝火。虽在八月，山中还是有些寒凉，渺渺夜空下，一群人三三两两地围着一柱热烈的火焰谈笑、拍照、伸手取暖，灿烂喧哗的气息涟漪样晕开了四周的黑暗。

开幕式及主题会议:当代诗歌三十年

经过一晚上的休整，十余位诗人、嘉宾神采奕奕地出席了17日上午举行的“青春回眸”诗会开幕式。《诗刊》常务副主编李小雨以其一如既往的温婉纡徐的嗓音主持了本次诗会的开幕式，并向在场的观众介绍了诗人、嘉宾们的简历和文学活动。

忻州市委宣传部长周如璧、宁武县委书记任宁虎发表讲话，欢迎各位诗坛名家的到来，并对宁武县的历史文化、自然地理等状况做了简要的介绍，芦芽山旅游发展有限责任公司上属的华青集团董事长常玉清的致辞则强调了文化建设对企业管理的重要作用。

中国作家协会党组成员、副主席、书记处书记、《诗刊》主编高洪波则在讲话中说，诗歌本质上是属于青年的，十八岁人人都是诗人，但他同时又强调，一个人到了八九十岁仍能写诗，那才是真正的诗人。只有到了生命的末端和底部，一个人才能对青春、人生、命运、自然、宇宙和社会产生更加深微的理解。从北京到宁武，旅途漫长而劳顿，高洪波的诗情却如泉喷溅，他以三首途中写的小诗表达了此行中的诸多感念。其中“青春岂堪再回眸，折柳赋诗几春秋”“青春不负登临意，唯叹诗友皆白头”等句，闻之令人唏嘘。

如果说几位嘉宾和领导的讲话让人心眼通明、如沐春风，随后，由几位当地艺术家倾情演绎的诗歌朗诵，则让人心旷神怡、如醉如痴。从杨牧到张学梦，从舒婷到王小妮，从雷抒雁到李小雨，那些熟悉的诗篇韵律乘着铿锵的嗓音在庄严的会议厅里四面纷飞，三十年的风霜雨雪、悲欢离合，搅扰着每个人的心灵。

中午稍事休息，下午是主题座谈会。在李小雨的主持下，参会诗人围绕着“诗歌现实与青春的关系”“当代诗歌三十年”等议题展开了深入的交流和讨论。与会者感慨系之地回忆了当年自己参加“青春诗会”的诸般情景，回顾、总结、思考三十年来新诗发展中的种种现象和问题，在各抒己见的同时不时还突现温和的交锋。

首届“青春诗会”的组织者，向有“青春诗会教头”之称的王燕生老人谈到，当代诗歌三十年，我们光荣地告别了诗歌作为政治工具、诗歌为阶级斗争服务的“假大空”的时代，进入了一个多元发展、众声喧哗的时代，中国诗歌的创作队伍开始向知识化转移。在这当中，“青春诗会”功不可没。他希望诗人能以真诚的态度面对世界，倡导诗歌传统中的美好因素。

张新泉表达了他对“青春诗会”的关注和对主办方《诗刊》的敬意。他说，每一届“青春诗会”，他都十分关注。今天的集体回望，使他产生了深深的使命感和历史感。孙武军表示，无论是回眸还是前瞻，诗使人青春无边。当年的诗人们对诗歌虔诚的热爱、对思想的追求、对诗歌语言艺术形式的探索，这一切永远都不会过时。杨牧认为，当代诗歌的变化与时代的发展是吻合的，这种变化虽不完全等同于进化，但有变化总是好的，怕只怕一成不变。我们对诗歌要充满期待，但诗歌创作一定不能急躁，要再认真一些、慢一些、稳一些。王小妮着重论及社会环境对诗歌发展的重要性。她认为只有保护个体、保护不同、保护异己，我们才能拥有公正平等、可持续发展的社会。缺少这个前提，诗歌的发展无从谈起。她还对诗坛由来已久的“体验生活”说提出质疑：我们活着就永远有诗。活着之核，也就是诗的本质。手拿着本质，还左顾右盼地干什么？华万里用地道的重庆话表达了他对当下中国爱情诗创作的不以为然。在他看来，中国目前还没有真正的爱情诗。很多所谓的爱情诗都很浅，在卿卿我我的表层中耗尽了语言和想象力，没能从情感升华到精神层面，涉及时间、死亡这样更深层的东西。

大解将当代诗歌三十年的变化概括为三个方面：一是诗歌精神变得更加内敛，逐渐收缩到个体。二是诗歌的表达方式从抒情向叙事转变，但值得注意的是，抒情诗在社会属性层面尚未向个人回归的时候就被中断并走向了私密叙事，诗人浪漫的情怀并没有得到完全释放。三是诗歌的语言从书面语向口语转变，鲜活的口语为诗歌注入了活力，也使得叙事成为可能。大解指出，中国诗坛普遍存在着理想、思想、文化、历史等元素缺失的问题，对当下过度的强调使诗人进入到一种极其自我、极其狭隘的叙事中，从而缺少信仰和人性观照。他认为诗人们不应停留在软弱、轻浮、窃窃私语的状态，而是应创作出超越小我的、代表人类精神的作品。徐敬亚指出，20世纪80年代中国开始出现诗歌的热潮，甚至到现在都未完全结束。为什么这种热潮恰恰是诗歌而不是小说、戏剧等其他文学体裁？这是值得思考的。现在的很多诗歌缺乏诗意，写诗和读诗的人往往都心不在焉，使诗歌降低为普通的信息，失去了原有的深刻性和感染性。

关于诗歌的现状、问题和未来的发展，诗人们有着不少相同或相近的看法。张学梦认为，从现代主义的角度看，当代诗歌仍有不尽如人意之处，如很多诗人表现出不在场、不担当、不言说等特点。但当代诗歌三十年的发展过程总体上可以看作是一种颠覆、探索和实验。唐晓渡说，诗到现在有很多变化，但“青春诗会”一直延续，是一个品牌，一个象征，是一个小传统，“潜行的地火”在《诗刊》的一个表征，是压抑的势能转化成了动能。三十年来，诗歌生态发生了很大的变化，解构与建构同时存在，冰火共存、共生、共济，一个诗歌生态基本构成了。“青春诗会”的精神是：诗人是时代报警的孩子。三十年来重要的启示是：诗歌从一种意识形态修辞，变为独立的感知、判断，打开了新的维度。

孙晓杰谈到，当今社会所具有的人类生活的快节奏化、文化消费的快餐化、精神生活的粗俗化和浅表化等特点对诗歌创作产生了很大影响，同时也为诗歌的存在和发展提供了更大的空间和可能。今后的诗歌创作应该更加精短、直截了当，便于读者理解，打通自我与他我的隧道，以适应时代发展对诗歌的新需求。刘向东强调了诗歌的二手创作问题，诗人在创作过程中如果没有深入生活、深入实际，而是用现成的二手资料构筑自己的经验，这样的诗歌只是“纸上诗歌”，不贴心、不感人，缺乏生命力。车延高认为，诗歌发展的最好状态是形成一个高地而不是顶峰，这样繁荣的时间才会更加长久。而只有当经济与文化的发展相辅相成、相得益彰，诗歌的高地才有可能形成。他把“青春诗会”比作青年的大学，“青春回眸”诗会则是为长久以来坚持诗歌创作的“大龄诗人”专设的大学。

发言、交谈、倾听，一下午的时间就这样过去。在语言的喷涌和思想的碰撞中，诸多当下诗坛和诗歌史上的重要问题都得到了深入而有效的辨析和清理。

游记:山西好风光

“人说山西好风光,地肥水美五谷香。左手一指太行山,右手一指是吕梁。站在那高处望上一望,你看那汾河的水呀,哗啦啦啦流过我的小村旁……”

美丽的旋律响遍了大江南北,我们都已经耳熟能详,然而山西究竟是如何的地肥水美、山川形胜,对许多人来说这还是头一次领略。看多了南方山水的秾丽婉转,再来看山西风物的雄浑粗犷,别是一番滋味。车入宁武,我们都歪着脖子趴在窗前一看就是好一阵,风景告一段落的时候,脖子已经酸得不行,只好换到另一边继续看。

据东道主贾真介绍,宁武在新石器时代便有人类繁衍,汉时置县(时称楼烦),还曾是著名的赵武灵王胡服骑射之地,历史悠久,古迹繁多,已经开发出来的旅游景点便有二百多处。匆匆一行,难以尽观。为此,主办方精心挑选出几处景点,几日下来,也算窥豹一斑了。

一、万年冰洞

宁武县中大大小小的省级、国家级景区不胜枚举,山水林园栈道峡谷,别处亦可见得,独有这万年冰洞,迥出侪辈只此一家,被评为世界级风景名胜。

众所周知,只有一年四季寒冰凝结、终久不化的洞穴,才可称为冰洞。放眼全世界,也仅有如西伯利亚和南北极这般纬度高且寒极冻甚之地才发现过冰洞,其他地方纵有也是数量少且规模小。在寒来暑往、四季分明的山西宁武,既非终年积雪覆盖,亦无大范围低温支持,竟然冒出来一个连科学家也无法解释成因的,规模庞大的万年冰洞,造化天工之神秀诡谲，着实令人叹为观止。

经中科院地质与地球物理研究所洞穴专家现场考察认定：此洞形成于新生代第四纪冰川期，距今约三百万年，故名万年冰洞。此洞制冷机制最强、冰储量最多，现已开发近百米，分为三层，有冰帘、冰钟、冰花、冰人、冰菩萨种种，穷形尽态，不一而足。尤为神奇的是，自古冰炭不相容，可就在与冰洞一山之隔的二百米外，竟有一处“火山”，也是一年四季不休不停地突突突往外冒烟。虽然此“火山”并非科学意义上的“火山”，而是埋藏于地下的煤层因多种原因造成的，属于惯见不鲜的自燃现象，但这般“冰火两重天”地比邻而居、互不干犯，也是一大奇观。

我们一行人游踪所至，正当小雨如烟，轻寒轻冷，本已是微微打着寒战，一到冰洞门口，一股恶寒劈头盖脸，汹涌而来，即便是最强壮、最彪悍的男士也不得不按照工作人员的安排，披上了臃肿的羽绒服，一个个胖乎乎、圆滚滚地沿着潮湿陡狭的小道下到冰洞中去。

四壁皆冰，触目即是各种冰钟乳、冰笋、冰柱、冰瀑、冰花，这晶莹剔透的地下水晶宫，一派冰雕玉砌、霜寒雪冷，和洞外的绿树红花构成了两个截然不同的世界。

已经开发出来的部分，主体是一个巨大的冰柱，高可十余米，被称为“定洞神针”。冰柱表层凝结着千姿百态的冰凌，游人则在环绕着冰柱的阶梯上斗折蛇行。下到底部，稍稍上行，便是万年冰洞最壮观的奇景——玉瀑凝流。这是一组世界罕见的地下冰瀑群，主瀑“飞流直下入洞府，疑似银河落九天”，副瀑流银淌玉、层叠环绕，整个瀑布群冰肌玉骨、纤尘不染，似乎是被孙悟空用定身法定在了一瞬之间，使人疑心进入了东海龙王的水晶宫殿，又像闯进了嫦娥仙子的广寒仙境。

二、草原和群山

尽管在去马仑草原和芦芽山之前，美丽的导游小姐已郑重警告过我们：此行将耗时六至七个钟头，路途遥远，极度消耗体力，不愿上山的可留在车中休息，大部分人还是一往无前地踏上了这艰难而诱人的征程。

要到马仑草原，先要翻过一座满是松林的山丘。路是用石头铺过的，平平整整，我们几个年轻人走起来游刃有余，却难坏了王燕生、杨牧等几位老人。幸好入口处有不少当地人提供的轿椅服务，不服老不行，往上一躺，吆喝声中晃晃悠悠地给抬上山去，那叫一个逍遥。

本次参会的诗人，来自南方省份的居多，许多人还是第一次看见草原。那么辽阔的草野，那么无遮无拦、一望无垠的天空，天空下或奔跑驰驱、或埋头吃草的骏马，都让大家眼界顿开、心旷神怡。

在马仑草原与芦芽山的交接处，一些人感到体力难以支撑，选择了原路返回，在车中等候，另一些人则毅然决然地继续更加艰难的行程。由于前一天刚下过雨，山路湿滑，很不好走。幸好芦芽山望中可见，无边美景也如锦缎般铺在眼前，大家一鼓作气地向上攀登，一边赞叹着沿路的风景，一边合计着下山后要好好刺激一下半途而废的人，说说笑笑间便抵达了芦芽山顶峰。在最高处的小庙宇中，我们围着护栏绕行三圈，祈求周身的幸福安康，然后坐在石阶上听导游小姐高唱山西民歌。

山风浩荡，豁人襟怀。放眼望去，只见山峰尖峭，怪石嶙峋，林木蓊郁。“猪八戒背媳妇”活灵活现，趣味横生。“护林人”心事重重，端坐沉思。“将军石”如巨型兵马俑，巍巍立于群树之间，手中长剑紫气升腾……

在返回的路上，我们一个个腰酸腿软、精疲力竭，停停走走间，三三两两，队伍拉得很长。上山容易下山难，眼看返回的路程还剩那么一大截，我们又已失去了来时的冲劲，于是便频频“调戏”迎面而来的陌生人逗趣儿：“嘿，哥们，加油啊，还有两个钟头就到山顶了！”“美女，争取太阳落山前爬到顶哦！”把人唬得一惊一乍，实际我们才从山顶下来不到二十分钟而已。

或许攀登的乐趣不止于登顶时的狂喜，爬山的幸福也不限于沿路所见的美景。回至马仑草原时，日已西斜一大截。我们不再着急。取出相机，拍拍蓝天白云，摆出各种夸张的姿势。阳光照过来，角度刚够照彻周身。

三、悬置的风景

看惯了风和日丽、鸟语花香，此次芦芽山之行，还有一个特殊的景点，就是石门悬棺。

宁武芦芽山一带原本盛行土葬，北方地区亦无崖葬风习，然而在小石门村西一个幽僻的峡谷内，却发现了一个长江以北绝无仅有的崖葬群。入口石壁如门，四面青山苍翠，一望可知是块风水宝地。途经小石门村，棚户砖房近在咫尺，鸡飞狗跳，儿童嬉戏，一派其乐融融的乡村生活图景。

村庄过后，气氛为之一变。山势开始显得陡峻，两山夹峙，总有一边山是秃的。曲曲折折的栈道黄不楞登地束在山的腰间，远远望去，不少路段简直是直上直下，全无半点缓冲。这便是古时山人往来交通赖以成行的路途了。

未到悬棺，先见悬空寺。近百米高的山崖间，一座宽可二十余米的寺庙横空出世。整个建筑的前部均悬于空中，下方仅以十余根梁柱支撑，乍看之下，只觉一阵风来便要将之掀翻在地、席卷而去。然而，多年来却始终屹立不倒。

再往前行，三三两两的悬棺便呈现在眼前。最初是远在崖壁阴暗处，被眼尖的人兴奋地指了出来，余人辨识好一阵才恍然惊觉。到后来，便大大方方地坦诚相见了。有的高挂在崖壁间，有的安放在路边的凹槽里，有的嵌在岩洞中，有的裸露在石壁外，有的以木桩支撑，也有的用铁链捆吊，既有一棺独悬，也有双棺并列。

作为迄今为止我国北方地区发现的唯一崖葬群，石门悬棺的来历向来众说纷纭、莫衷一是。无论是孝敬长辈望其早日升天，还是怜恤战死的士卒、客死他乡的商旅或没有子裔的孤寡老人，令其死得其所，都是一片仁爱之心。

两具近在路旁并未悬在高空的棺木引起了大家的围观。从破败的棺盖望进去，只见散乱的白骨搂抱着游人随手放下的野花枯草，在昏暗的光线中寂静地沉睡着。

死亡，这黑暗的风景，迷住了多少幸存的旅人。

回首向来萧瑟处，也爱风雨也爱晴

几日行程，逝者如斯。恍惚之间，欢笑情如旧，萧疏鬓已斑。

青春或许一去不返，生命或许不能逆流而上，天下万物都在自己的轨道上发生、发展和消亡。活过、爱过、青春过、回眸时能笑亦能哭，当年的那个人就还活在我们的身体里，相濡以沫，不离不弃。无论生活如何的白云苍狗，无论世事如何的海沸山摇。

2010年9月

诗刊

2011

青春回眸诗会

西　川

1963年生，1985年毕业于北京大学英文系。著有诗集《虚构的家谱》《大意如此》《西川的诗》《个人好恶》，诗文集《深浅》，散文集《游荡与闲谈：一个中国人的印度之行》《水渍》，随笔集《让蒙面人说话》，评著《外国文学名作导读本·诗歌卷》，译著《博尔赫斯八十忆旧》、《米沃什词典》（与人合译），挪威诗人奥拉夫·H·豪格诗选《我站着，我受得了》（与人合译）。曾获第二届鲁迅文学奖、庄重文文学奖等。1987年参加第七届“青春诗会”。

代表作 题王希孟青绿山水长卷《千里江山图》

绿色和蓝色汇集成空山。有人行走其间，但依然是空山，就像行走的人没有面孔，但依然是人。谁也别想从这些小人儿身上认出自己，就像世间的真山真水，别想从王希孟那里得到敷衍了事的赞扬。王希孟认识这些画面上的小人儿，但没有一个是他自己。这些不是他自己的小人儿，没有一个他能叫出名字。小人儿们得到山，得到水，就像山得到绿松石和青金石，水得到浩渺和船只，就像宋徽宗得到十八岁的王希孟，只是不知道他将在画完《千里江山图》之后不久便会死去。山水无名。王希孟明白，无名的人物，更只是山水的点缀，就像飞鸟明白，自己在人类的游戏中可有可无。鸟儿在空中相见。与此同时，行走在山间的人各有各的方向，各有各的打算。这些小人儿穿着白衣，行走，闲坐，打鱼，贩运，四周是绿色和蓝色，就像今天的人们穿着黑衣，出现在宴会、音乐会和葬礼之上，四周是金色和金色。这些白衣小人儿从未出生，当然也就从未死去，就像王希孟这免于污染和侵略的山水乌托邦，经得起细细品读。远离桎梏的人呵，谈不上对自由的向往；未遭经验损毁的人呵，谈不上遗忘。王希孟让打鱼的人有打不尽的鱼，让山坳里流出流不尽的水。在他看来，幸福，就是财富的多寡恰到好处，让人们得以在山水之间静悄悄地架桥，架水车，修路，盖房屋，然后静悄悄地居住，就像树木恰到好处地生长在山冈、水畔，或环绕着村落，环绕着人。远景中，树木像花儿一样。它们轻轻摇晃，就是清风送爽的时候。清风送爽,就是有人歌唱的时候。有人歌唱,就是空山成其为空山的时候。

新作 鉴史及其他

鉴史四章

夸父逐日新解

出门见日，日在东南，继之正南，继之西南。是一日。
西南耸列群山，而时间尚无明确的内容。
能从一日一夜推究死生相继者已然是圣人。
圣人不逐日谁人逐日？
可以想见的理想主义、英雄主义、浪漫主义大场景。
蹚出道路，自东而西又自西而东，是所谓夸父跑来跑去的疯癫盛举。
然何以见得东西——西东乃是夸父之途？何以不是自北而南？
（仰韶人骨接近闽粤人骨相。我有考古学根据。）
日在南方，逐日逐温暖有道理。
南方宜嘉木绿叶，果实亦甜而多汁。
饿不死。
迁徙向南方的主意甚好，大雁比我们有主意。
冷了。树叶落了。鸡皮疙瘩出来了。
夸父出发，或许在秋凉袭来之时。
白霜、白雾，可以想见不久将来的白茫茫大地。
夸父在村口呼号，呜呜呀呀，语义模糊，而众人跟上。
全是青年人。
（仰韶人平均年龄二十一岁。我有考古学根据。）
何以见得夸父孤身一人？

他那么有名，肯定率领着一群人。

岂不闻父甲、父乙、枚父辛、几父、史游父之名，皆为豪主？

一群人都叫夸父甚好。扶老携幼，缓缓向南，迁徙。为活命。

河流看见了两次，到来年春日看见了与故乡一般无二的桃花。

众人唏嘘。

众人一唏嘘就是有人死去。脚走烂了。

众人一致同意凡死者皆尊称之“夸父”。

活着的人中有人鼓起了英雄气，遂传下夸父逐日的好故事。

但后世所有人都弄错了其中的含义。

一个写字的人

八十根木简像一群小老头命运相连。木简上介乎篆隶之间的文字益发难以辨识，但它们所表达的有关天下、国家、战争与圣贤的思想丝毫未变。那个匿名的书写者，他运笔的方式，当与司马迁、司马相如运笔的方式大略相同。时代风尚须经两千年间隔才能觉察其伟大！他甚至有可能远远瞥见过司马迁或司马相如。他用毛笔蘸着墨汁，一笔一画地工作，不允许出现一个错字；在书写到曾子的格言时，他的心情多么愉快。他似乎坚信他所抄写的思想一定会在人间派上大用。他保护了这些思想，传递了这些思想。他有意或无意地改变了某些字句，他有意或无意地在他人的见解中保留下自己的气息。他从一个谦卑的抄写者，无意间变成了那高深作者身旁一位小小的作者，像一只蚂蚁，拉住一只逆风而起的思想的风筝。阳光洒在书案上，他打了个喷嚏。街头贩履者朝他吆喝：“您呐，您是和思想打交道的人！”他写字在木简上，那时纸张和印刷术尚未发明，所以他写下的是“唯一”的书（每一部如此写下的都是“唯一”的书）。但是后来，一个死人居然把这部书带入地下。从这部书演化而成的思想，从这部书变走了样的思想，最终改造了世界，而这部“唯一”的书，却在如此漫长的时间里渺不可寻。现在，即使它重见天日，它也不可能去纠正那源于它却走了样的、已然被世界所采纳的思想。它像一部伪书重返文明的现场。而那个写字的人，仿佛从未出生。他是大地上的一粒尘土，曾经在有限的范围内传播过文明。

慎 子

慎子够谨慎，或者，慎子够懒惰，
就写这么一点点，或者，就让历史筛漏下这么一点点
慎子够模糊，是法家？是道家？还是什么家都不是？
是否另有一个慎子，懂大道理，写大文章，偏偏被忘记？
慎子够幸运，就写这么一点点居然
也混迹于诸子之间，并且流芳百世。
他说野兽喜欢四脚着地，所以常常粘得满身泥土。好废话。
他喜欢拿秤杆和秤砣打比喻，这暴露出他小商人的出身。
人人骂他，人人排挤他，不想给他诸子之一的座位。
慎子不发火，坐下，不再挪身。

唐朝所没有的

除了一切现代的产物，唐朝所没有的，让我们数一数：唐朝没有这，唐朝没有那，嗯，唐朝没有思想家！唐朝有皇帝有美人儿有宫殿有军队有官员，有星象学家有月亮有云彩有诗人有歌唱家有舞蹈演员，有酒鬼有妓女有战乱有野狗有旷野有冰雪，有穷人有目不识丁的人有国家考试有裙带关系……但是唐朝没有思想家。——怎么样？没有思想家，唐朝照样金碧辉煌；没有思想家，人人省心，皇帝更省心。玩

吧。唐朝玩出大唐，诗人玩出大诗（中唐以后才有诗人眉头紧锁）。唐朝诗人出得太多，好像唐朝以前没出过诗人！唐朝人并不以为诗人可以代替思想家，但唐朝的确没出过思想家。后代人中梦回唐朝的人，我警告你们，必须做好思想准备：要么弄出一个没有思想家的第二唐朝，要么弄出一个不是唐朝的什么朝。

唐朝没有思想家啊，这事看在好动脑筋的韩愈眼里，韩愈就急了。韩愈就自称圣道传人，倒也没人嫉妒他，因为唐朝人实在也没觉得占个思想家的头衔有什么好处。让他闹吧，让他发展他的大脑吧，我们要发展我们的下半身！但韩愈是严肃的。韩愈猜想，也许有一个造物主吧，否则山水如何才能这样恰到好处地呈现其雄伟的逻辑。韩愈猜想，瓜果坏了必生虫，所以人，肯定是从阴阳秩序崩坏的大地中爬出来的吧。别人听到韩愈的奇谈怪论无不一脸坏笑。让他闹吧。让他闹吧。韩愈闹到了反对迎佛骨，韩愈就该离开长安了。韩愈走到潮州的江边，十条鳄鱼笑话他蠢。韩愈一怒之下在江边贴出告示：限你们这些鳄鱼七天之内带上你们的家眷滚到大海里去，如有违命者，格杀勿论！鳄鱼们吐吐舌头，一哄而散，韩愈稍显释然。

出行日记

逆　行

忽然就只剩下我一辆车了。忽然就望见天上落下羊群了。忽然迎面而来的羊一只只全变成了车辆。忽然双行道变成了单行道。走着走着，忽然我就逆行了！我怎么开上了这条路？那些与我同路的车辆去了哪里？我逆着所有的车辆，仿佛逆着真善美的羊群。不是我要撞死它们，而是它们要将我温柔地踩死。走着走着，忽然我就逆行了！我就听到了风声，还有大地的安静。我没撞上任何车辆，我撞上了虚无。

这座城市避开了我

这座城市避开了我。它给我大雨，使我不能在街头闲逛。我听说过的博物馆，因人手不够而闭馆。商店里，人们说着我听不懂的话。商店里只卖一种酒，是我不能喝的那一种。我饥肠辘辘找到的，是关了门的餐厅。我大声抱怨，但没人在乎。我敲沿街的门，门开了，但屋里却没有人。我靠到一棵树上，树叶便落了下来。在这座城市里我没有一个熟人。唉，我到了这座城市，等于没有到过。

一个发现

你提箱子出门，乘飞机乘火车乘汽车。你抵达你计划要抵达或没计划要抵达的地方，洗把脸或洗个澡，然后走出旅店。你想看一看这陌生的地方——陌生的城市或者陌生的乡村，你会发现，其实你无法走出很远。你跨越千山，只是为了见识千山之外的一条或几条街道、一张或几张面孔、一座或几座山头。你抵达你计划要抵达或没计划要抵达的地方，然后走出旅店。但其实你真的无法走出很远。这话说出来像一个诅咒，但我不是故意的。

另一个发现

我走到哪儿，我头上的月亮就跟到哪儿，但月亮并不了解我的心思。我吃什么，来到我身旁的狗就也吃什么，但我和这条狗并不是同类。蟑螂跟我住在同一间屋子里，我们需要同样的生存温度，但我还是在今天早晨用杀虫剂喷死了七只蟑螂。飞鸟看到了我所看到的社会的不公正，但我们并不因此分享同一种愤怒。即使落叶与我同时感受到秋天的来临，我也不能肯定落叶之间曾经互致爱慕，互致同情。

有　人

有人在上海活一辈子，有人在罗马活一辈子，有人在沙漠的绿洲里活一辈子，有人在雪山脚下活一辈子——你从未见过他们。有人从上海出发，死在雪山脚下；有人从绿洲出发，几乎死在罗马，却最终回到绿洲——你从未见过他们。我写下这些字句，没读过这些字句的人也活一辈子；读到这些字句的人也许会说，这人说的全是废话。且慢，我见过你吗？我想来想去没见过你。我们各活一辈子，也许在同一座城市、同一个小区。

随笔 这十年来

这十来年我的写作没有类似于对自己推倒重来的变化。我使我的诗歌变得更直接，在某些情况下可能直接到让人受不了。我是从高蹈的、文学化的、带有象征意味的写作姿态变成今天这样一种写作的，而推动这种变化的酸甜苦辣、反感、厌倦、藐视、不痛快、不满足，只有我自己知道。我想有时，我甚至写到了诗歌这种文体的边缘，也许已经越界了——这也就是说，我也许在写反诗歌了；也许我正在写一种既不是诗歌也不是散文的东西：它介乎诗歌与散文之间、文学和历史之间、历史和思想之间。我内心需要这样一种东西，能在智力上觉得过瘾。在这一过程中，我想我彻底告别了学徒期。我觉得我现在的写作比以前困难多了。这是因为首先，这个世界对我而言已经不像对一个青年人那么新鲜了，而我又不甘于简单怀旧；其次，我感到前面的榜样越来越少，我依附在别人(特别是那些现代主义大师们)身上偷懒的可能性越来越小。从前，我们习惯于向西方、东欧、俄罗斯、拉美既有的文学主义、文学流派、文学意识形态学习，而现在，我明白了真正的创造思想其实应该来自我们的现实感。能够将一种现实感转化、提炼为一种语言、一种文学，这才是真正的创造。我要么写出自己的东西，要么搁笔——因为勉强写诗也没什么大意思。容我大言不惭地说一句：我现在多少理解了什么叫“如入无人之境”。我对自己的写作说不上满意或者不满意。能继续写就不错。因为将近三十年来我没有长时间的写作停顿，所以有时我不得不顶着虚无感，与对自己的厌倦、对自己行文习惯的厌倦做斗争。好在我不仅写诗，还写批评文章，还做翻译，可以换换手——而翻译，我现在其实做得也不多，基本上只翻译我认识的外国诗人的作品。

这十年中我还是写了一些东西：像《曼哈顿乱想》《小老儿》《南疆笔记》《蚊子志》《思想练习》《皮肤颂》《试着从熬头的方面给“人群”下定义》《连阴雨》，以及组诗《镜花水月》《鉴史三十三章》，等等。《鉴史》是我写的一些与中国古代历史、人物、器物有关的诗——我现在依然在继续写它，所以它的总题目将来也许会变成《鉴史三十七章》或《鉴史四十二章》。它也许是我另外什么作品的演习之作。《鉴史》的某些章节已经发表了，但遗憾它们好像没有引起太多人的重视。其实那里面有我一些写法上的发明和完全属于我个人的想法。它们不被重视，也许是因为它们没有直接处理现实题材，与咱们诗歌界、网络文学界时不时流行一下的种种类现实主义的小诉求相抵牾，与人们一般模模糊糊理解的“诗歌”拉开了距离。但在那些非现实的题材背后其实是隐藏着现实的。像其中《一个写字的人》说到思想传播的曲折——谁关心这类问题呢？像《唐朝所没有的》说到唐人的处境与今人的处境之不同——更多的人只是起哄般地要回到唐朝；像《题王希孟青绿山水长卷〈千里江山图〉》说到免于侵略和污染的山水乌托邦——不是被消费的山水。这后一首诗被美国华裔诗人施家彰(Arthur Sze)翻译成英文发表于《波士顿评论》，后来又被诗人伊利亚·卡敏斯基(Ilya Kaminsky)和苏珊·哈里斯(Susan Harris)收入了他们编选并在2010年由美国ECCO出版社出版的《ECCO版世界诗选》(*The Ecco Anthology of International Poetry*)。

柯　平

1956年生，祖籍宁波奉化。从事写作多年，主要作品结集有诗集《历史与风景》《诗人毛泽东》《文化浙江》，散文集《阴阳脸——中国传统知识分子生态考察》等。现居浙江湖州。1983年参加第三届“青春诗会”。

代表作 烟囱上的雨燕

现在是梅雨泛滥的初夏
工厂的围墙为雨水侵蚀
露出一九七九年的标记　蔷薇凋零
在劳动与生活之间画出不很清晰的界线
傍晚时分　路过的人看见
烟囱向天空吐露心事

看见烟囱上的一只雨燕
黑色的礼服　高贵而飘逸
注视着工业　和电脑操纵的机器。
它宽爱深情地叫唤着什么
飞动起来　翅膀像一本书中精彩的两页
优美地展开
又落在烟囱上

这本书肯定是有关时代的
矿石的焦炭的夏天　微小的雨燕
穿过机器和炉火
它的歌唱与烟囱的缄默之间
保持了一种默契

栖落于烟囱顶端的雨燕
宛如在一根竖起的枪支上那般安详。
宽爱深情地叫唤
翅膀像书页在钢铁的寒光中翻开
又落在烟囱上

新作 女工毛妹(组诗)

一

有两台打桩机和两台推土机的春天
工厂佩戴太阳的金色徽章
加料台　出渣口　时代钟声嘹亮
两百个工人跟着齿轮一起运转
热风管里同样温度的爱情在流动
天车驾驶台内的毛妹把一切都看在眼里

二

我这首诗是献给毛妹的　我要一开头就提到她
丝绸内衣　男孩子的头发
蓝布工装领口缀一朵古典兰花
这是工厂唯一的温柔部分
和一个人心灵的秘密方向
她操纵着机器　全神贯注
让精神与物质处于同一高度
吃饭时就下来　大声说笑
在美容霜与卡夫卡的小说之间
在下班路上　在食堂　剧院　发廊和书店
我们谈论开放　存在主义　务实的政治

她的眼中闪着光　不可捉摸的光
转瞬间消失于面孔的幽暗之中

三

这不是乌托邦　这是1979年的春天
改革把一种润滑剂涂在工业的齿轮上
国家突飞猛进　爱情也日新月异
多么激动人心的年代　毛妹乘坐神话里的飞毯
穿过现实主义的夜晚的城市
来到朴素的职工业余大学
在我身边坐下　小手突然从桌下伸过来
放入我的掌中
她慢慢流下眼泪　惊慌　迷惘　不知所措
我如何形容它们呢？
许多年后　当我回忆起她哀怨面容上
纯洁的光辉　仿佛植物浸透了水的意识与形体
以及以原则和幻象作为标记的那个夜晚
我的心像工厂的空气锤迅速下降
在一个世俗道德的尺度
找到毛妹的尺度
我想说些什么　但什么也没有说出

四

火焰环绕的毛妹　水中的毛妹
在天车玻璃的阴影里努力工作的毛妹

而一种更大的阴影　在天车的上面
危险地移动　从宿舍区到作业区
喜欢做梦又害怕做梦的毛妹
男朋友只有一条腿的毛妹
歪着头　在街角书亭挑选美容杂志
在酒吧独坐
小脑袋里有一座废墟和一座神殿
我曾听到她的秘密歌声
在厂区背后的小小的苹果树林里
那里　为推土机所碾过的野草莓在春天
依然开满田野和池塘
她的歌声里有一辆黑色轮椅在转动
我想描述的不是她的音色　而是她的哀愁
仿佛爱琴海上的美丽女妖
孤独的毛妹
心事重重的毛妹
而一转眼　她就跟在男人后面拼命加班
然后在工厂上空的古典明月下恬然入睡

醒来——洗掉脸上的幻想部分——走进车间
曙色里的塔吊与古银杏在互诉着什么?
凝重的毛妹　擦去车窗的灰尘
一阵汽笛应和有线广播里贝多芬的音乐

在工厂入口处与炉台四周
劳动者的黝黑面孔浸在清纯的光中

毛妹换好了工装　甩动头发
轰隆隆的天车把生活带向新的高度

五

我喜欢毛妹　还有她的机器　工作时的专注
她总在自己的轨道上来来去去
时而异想天开　又循规蹈矩
她总是说:“爱情？爱情是什么？
爱情就是这台天车
爱情总在空中”

“我们在地面”　她补充着
手臂幅度大得像起重机的起落

利用工间休息　她用扑克牌占卦
惊喜　沮丧　有时用技术室的小型计算机

一天又一天　她上班下班
对着远方出神　像受伤的小兽

她多么希望自己是童话中的女孩
但红舞鞋对她似乎是不现实的东西

她开始不在乎化妆　工作服拖到膝头
不在乎火焰撩人

同时也不在乎欢乐　忧郁之类
冷轧机的起落中　感情渐趋真实
当她独处　她顾影自怜
两手捧定菱花镜　眼睛却望着天空

六

毛妹不是我的情人　只是我心灵的幻象
她是工厂的女王
高贵　善良
和一位一条腿的男人有着婚姻契约
她推着他散步　有时强作笑容　有时真实地哭泣

七

让一个人的心灵从肉体中分离出来　似乎并不太难
那种情景就像从铁中提炼纯钢
简单的混合体　爱情完全可以使之分解
我想我在许多年前已经懂得了这一点
但一个英雄在抽刀力敌万人之后
却无法抽刀断水
在道德的古老城堡　我们是永远的囚徒
枉费心力　围绕虚弱的火焰翔舞
看它们闪光　移动　看它们暗淡下去

八

毛妹　我的天真的女孩　想成为严肃的妇人
因为是严肃的　她的服饰必须合乎时宜
礼义　蕴藏　坚守原则
裙子的长度必须符合时代的长度
必须恢复蓄发　并用橡皮筋固定它们
隐于金属间的脸　必须更加倾注于劳动
但具体之物即使在抽象中也是具体的
在现实　生活　国家与明月之间
在工厂钢铁的锋利本质之间
让毛妹隐隐作痛　让我岌岌可危

九

我和毛妹之间有一辆轮椅　椅中坐着一个男人
她将双眼闭上　试图在天车的高度
找到更为真实的自己
她什么也没有找到　于是她睁开了眼睛
而我始终目不转睛地观察她
这是许多年前一次爱情的全部过程
“道义”与“原则”　她善良天性驾驶的天车
又怎能偏离这现实的轨道
现在她工装领口的幽兰早已枯萎
工作　家庭　做母亲　读书以及幻想，
只有映现在天车车窗上的脸

依然那么光辉　在金属中浮现
仿佛还在试图穿透它们
上升到某种不可及的领域
在我这首诗临近结尾的时候　窗外在下雨
而我在想：我们的爱情完成了什么？
一个道德的古典复制品？
一次并无危险的历险？
一种无谓的自以为是的牺牲？
轰鸣的车床现在已经削去它们的世俗部分　剩下的精益求精
仿佛痛苦之水孕育的晶体
抽象的现实之物　她的也是我的
毛妹　我在怀旧的雨水中为你写下这首诗！

随笔 做人与作诗

2007年，去青海湖参加首届国际诗歌节，会上有个主题是讨论诗歌中人与自然、与世界如何和谐相处。我没有发言，但写过一篇书面稿，认为要解决这个问题，有两点比较重要，一是对待山水的态度，二是现实中诗人身体位置的自我调整，记得文章里我举了两个例子，唐朝的张志和跟罗伯特·布莱，前者是肃宗时的一名高级官员，三十岁时在回乡为父亲奔丧的过程中，突然不辞而别，坐了条叫舴艋舟的小船，开始四海为家。此人写过一部书叫《玄真子》，是专门讨论人与自然的关系的，可惜现在已经失传。只留下了一组叫《渔歌子》的诗，总共有五首，诗中他想解决的，正是诗人现实位置的安放问题。也许在他看来，保持自由、清贫、健全的人格，与大自然时刻保持亲密关系，正是一个诗人应有的本分。后者是20世纪中期美国耶鲁大学的文学教授，中年时候辞职去父亲明尼苏达州的乡下农场定居。在那里他的日常生活是这样安排的：白天帮父亲干些零活，或去附近森林中散步、读书，晚上时间用于写作。他曾有过一个著名的观点，认为在当代，如果一个人想成为优秀诗人，以下三个条件必不可少：一是要过普通人的生活，二是要热爱大自然，三是皮肤要保持一定的湿度。而他所主动选择的生活方式，正是对自己理论的有效实践。这两人的选择虽带有很强的个人色彩，但在正确处理与世界的关系上，却为我们提供了有意义的范例。我这么说，当然不是鼓励大家放弃工作去隐居，去学陶渊明采菊种豆，或者去学林和靖梅妻鹤子，整天进行精神思考，其他什么事都不干。在互联网日益普及、发达的今天，这几乎是不可能完成的任务。但即使寄居红尘，庸庸碌碌，身不由己，这样的追求与向往，总不能一点没有吧？相反，如果满足于眼下的现实生活，灯红酒绿、车马喧哗，脑子里想的都是与名利有关的事情，很难指望会有精神、大气的作品问世。即使有本事写出来，其气味也是相当可疑、暧昧的。在传统印象中，诗人一般头上好像都有某种特殊光环，包括诗人自己，也从未养成将自己视作普通人的习惯。口中标榜的是“天生我才必有用”“我辈岂是蓬蒿人”什么的，表现在日常行为上，就是诗酒风流、放荡不羁。更要命的是还往往伶牙俐齿，自我标榜，做什么事都能说出一番大道理来。虽说后来在商品经济的打击下相对老实了一点，但自命不凡的心理还是克服不了，或者说舍不得放弃。尤其其中的某些人，整天就看见他戴了一顶诗人的高冠在那里招摇，想知道他写了什么东西，就是记不起来。也就是说，浮现在公众脑海里的，只是他的诗人身体，而不是他的诗歌作品。身体上升了，精神就下降；身体下降了，精神就上升，这个道理相当简单，可有人就是不懂。从这一点来看，以上提到的两位诗人，他们的可贵之处，应该也就在这里吧。因此，如果说要构建诗歌中人与自然、与世界的和谐关系，这两位同行一生的作为，可资我们借鉴的地方不少。

欧阳江河

1956年生，原名江河，祖籍河北，现居北京。1979年开始公开发表作品，在国内出版诗集《透过词语的玻璃》《事物的眼泪》，诗作及诗学文论集《谁去谁留》，文论及随笔集《站在虚构这边》，在德国出版中德双语诗集《玻璃工厂》。作品被译成多国文字。1987年参加第七届“青春诗会”。

代表作 谁去谁留

黄昏，那小男孩躲在一株植物里
偷听昆虫的内脏。他实际听到的
是昆虫以外的世界：比如，机器的内脏。
落日在男孩脚下滚动有如卡车轮子，
男孩的父亲是卡车司机，
卡车卸空了
停在旷野上。
父亲走到车外，被落日的一声不吭的美惊呆了。
他挂掉响个不停的移动电话，
对男孩说：天边滚动的万事万物都有嘴唇，
但它们只对物自身说话，
只在这些话上建立耳朵和词。
男孩为否定物的耳朵而
偷听了内心的耳朵。
他实际上不在听，
却意外听到了一种完全不同的听法——
那男孩发明了自己身上的聋，
他成了飞翔的、幻想的聋子。
会不会在凡人的落日后面
另有一个众声喧哗的神迹世界？
会不会另有一个人在听，另有一个落日

在沉落?

哦,踉跄的天空

大地因没人接听的电话而异常安静。

机器和昆虫彼此没听见心跳,

植物也已连根拔起。

那小男孩的聋变成了梦境、秩序、乡音。

卡车开不动了

父亲在埋头修理。

而母亲怀抱落日睡了一会儿,只是一会儿,

不知天之将黑,不知老之将至。

新作 生日诗篇(组诗)

弗尔蒙特过53岁生日

一

等待一生的八月,九月之后才到来。
先秦的月亮,在弗尔蒙特升起。
一个退思,在光的星期五移动。
庄子朝我走来,
以离我而去的脚步。
云移的脚步,花开的脚步,邮政系统的脚步。

二

一封春秋来信,
至今没有投递到我的手上。
邮差在天空中飞来飞去。
地球那边,你在读信。
还没写的信,你已经读到了我。
一封我拆开了两次的信,你一次也没寄出。
一些预先开花的,将要破土的、空的声音。

三

电话里传来落花般的女高音。
那是你吗，把花开到灯里去的声音？
打给HELLO的电话，接听的是一个喂。
喂的外面，中餐馆人声鼎沸，
一群食客饿坏了，但厨师是画师，
他将牛排画成水墨，端给看客吃。
一头观念的牛比真的更值钱吗？
刚断奶的单身母亲，把哲学
像奶嘴一样塞进婴儿嘴里，
阻止牛奶发出无产者的尖叫声。
而银行家用头脑里的提款机
一夜之间，提空了内心。

四

在金钱的声音被挂断之后，
诗的声音是什么？
一只神秘的手按下免提键。
现在，手机是广播，
全世界都在听这个声音。
李尔王能听到他的莎士比亚吗？
萨福的月亮，能从李白的月亮
听到庄子化蝶的风吹雪吗？
我能听到另一个我吗？

但在你的铃声响起之前，
只有无止境的、宇宙洪荒般的寂静。

五

可以用生日蜡烛点燃一个无我。
可以把明信片上的纸火焰
从古中国快递到黄昏的弗尔蒙特。
可以借蝴蝶夜的灰尘，轻盈一吹。
可以吹灭我的心。
心那么易碎，那么澎湃，可以和宇宙
构成一个尖锐，
一个小，无限大的极小。
一个53年的十亿光年。

六

如果只有一个过去，我就是这个过去。
如果我的现在有五百个过去，
那么一个现在我都没有。
你呢，你有第二个现在吗？
或许，你在你不在的地方，而我不是
我是的人。我有两个旧我，其中一个
刚刚新生：一个53岁的
吾丧我。

七

一条鱼躺在晚餐的盘子里，
被刀切过，被炉火烤过。
这是一个发生。
同一条鱼从河里游到电脑界面，
以超现实的目光看着我。
这也是一个发生。
人可以演奏鱼的音乐吗，
从物种的同一性演奏出一个悖反？
比如，将盘子里的鱼演奏成厨师，
将水中鱼演奏成一个哲学家。
但是庄子在演奏更神秘的生命，
一条烤熟的鱼，在天空中游动起来。

八

宇宙是科学老人的玩具。
孩子们站在地球仪上要糖吃。
一个梦的工程师，转动这只地球仪，
并将乌托邦转手给天边外的鹤。
一只鹤，即使是纸的，也在天空中飞，
即使看起来像工程吊臂，也在舞蹈，
用足尖踮起心之鹤形。
庄子骋怀纵目，以鹤作为引导。

而你将鹤止步放进万马齐奔，
并以水仙般的鹤立，支起一个梦工地。

九

人置身于桃花源，桃花就凋落了。
拥有太多末日和诞生，时间就消逝了。
痛，也消失了。一只电钻
在大地的龋齿上钻洞。
神经末梢的听觉之痛，将牙科诊所
安放在地球的寂静深处。
每天，钻头，在痛的深处加深几毫米。
要是再深一些，人心，就能深及地心，
喷泉般，喷涌出一个璀璨的地下天空，
一株天体物理的火树银花。

十

庄子的胡须在秋风中飘动。
这只是史蒂文斯头脑里的一个幻象。
我递过一个电动剃须刀。
现在，我们三个人的三个下巴
有了同一颗电池的心：时间转动，
反时间也在转动。庄子的月亮
被退回先秦。我每天使用剃须刀。
古代是我的现代，而我只是一个仿古。

十一

驻足于隔世的月光，我等待你的足音，
等待一个刹那溢出终极性。
我真的到过弗尔蒙特吗？
一米之遥，人已在千里外的异乡。
夜空中，我看不见一棵松树，
但松果漫天掉落。生命
也这样掉落，像一只中国古瓮。
空，落地，我俯身拾起无限多的空。
每一片具体的碎片里，都有一个抽象。
词和肉体，已逝和重现，拼凑
并粘连起来，形成一个透彻。
世界回复最初的脆弱
和圆满，今夜深梦无痕。
但古瓮将又一次摔落。

痒的平均律

痒没有波浪，但到处都在涌起。
痒，它的大海，它的针尖。
痒从海鲜提炼出几只长腿蚊，
那种被烈日暴晒过的刺绣和探戈。
我没想到痒会带着人的气味
与动物悄悄接触。

痒的刺，是盐和雪，但甜如夏夜。
痒的蜂蜜，再痛一点就是女王。
痒的水果，能为青春储存水分，
但自身却是一个枯萎。
痒之难忍啊，一部分来自圣诗，
一部分是纯动作，在唇齿间施展花拳绣腿。
痒没有手指，但浑身在抓挠。
痒没有嘴唇，但内部在咬噬。
被咬的空无，总是咬两次，
一次被火焰所咬，一次被冰。
痒的辽阔
是用微观事物咬出来的。
我没想到小人国的牙齿
能从君王血统
咬出战争般的奴隶的绚烂。
奴儿身的梨花，也被咬成桃花，
这殖民政策的血疑和破绽。
还有那些丁香，痒不痒都开，
那些水仙，开不开都是痒的。
痒鲜艳如许，这忧郁的，热病的
生命之旅啊。
痒了七年，时间已经不痒了，
税务官把妻子的报税单一撕两半，
外交官常年待在外省，统治乡愁和蚊子。
内阁的痒和乡政府的痒，区别何在?
痒都痒到天上去了，没有必要

深耕大地。
但丰收之痒已深深抵达歉收。
人啊，把痒的种子从肉身取出来，
放到头脑里去，放到云深处。
我没想到痒是那么激动，
爱欲的奔马，踏着痒，绝尘而去。
一点血红，竟如此山青水绿。
痒的花样年华，只为异乡人
绽放，
似乎本地的痒之花不值得一开。
痒的灯，不是遥控器能关掉的，
因为痒的黑暗，是太初的黑暗。
痒的锁心，坏了，谁也打不开它。
痒腻透了笑的人生，但又不会哭，
只好坐到笑的深处去坐隐，
去安顿肉身世界的神经兮兮。
痒的过错啊
请不要理会哲学的纠正。
为痒做意识形态的切除术？
让哈姆雷特主刀？他自己也痒呢。
蚊子大人，这嘉年华的吸血鬼，
咬了莎士比亚一口，又去咬孔夫子。
痒过留痕：这带刺的思想，
这乡音和古训的遗留物。
真正猛烈的不是痒的疾风骤雨，
而是

随之而来的无声无息。
痒是听不见的，除非亡灵也在听。
痒：它的合唱，它的伴唱，
以及它月光般的沉默。
痒的太阳，从植物根部升了上来，
带着火箭的燃料和灰烬，
带着男低音的幽暗胸腔。
但在追光下，痒是一个小女孩，
在跳舞。
她踮起足尖，增高了痒的海拔，
又踮起高跟鞋，但还是够不着花露水。
怕痒的药剂师发明了花露水，
却发现自己再也痒不起来。
痒的影子，比抓痒的真身更懂痒。
要是女儿无法止痒，就让母亲更痒。
痒以为
史料被咬出了奇香，咬出了玉。
但被咬的不是你的今生，
是你的古代，是比童话还小的你。
痒就像公主与王子相对而痒，
两个痒在时间之外对秒，也不知
今夕何年。
昨夜，你半夜被咬醒，
伸手就是啪的一下，也不问
那是今夜的，还是来世的痒。
今夜和来世，像两个巴掌拍在一起。

我没想到痒会幽灵般逃走,但又
留在人体内。
痒的流星雨,像箭矢,漫天射落。
我们坐在痒的酒吧,听雨,听巴洛克。
巴赫坐在星空中,弹奏管风琴之痒。
但今夜痒怎么听都欠缺肉体感,
因为调音师不知道什么是痒。

在永嘉,与谢灵运相遇

二十个白话诗人坐在永嘉
和一个线装的声音相对而坐

二十个坐在云起处的声音
逐一升空的是谢灵运

这声音,是起身离去的隐身人
还是坐在太守身上的空椅子?

他用山水诗的鼻子嗅了嗅新闻
嗅出时间机器的鹤的味道

旧,分出二十个身体给日日新
一起魂游词的江南

词的轮子安上了明月的轮子

搬运真生活的假山假水

词的孤身，因官僚缠身
而把办公室摆放在山水之间

词的抽屉，拉开一看
是日常事务的考古学头脑

这门物的手艺，这具尘土的肉身
流水的部分被深掘，被分层

在沉默的最深处
死者，仍然在言说

前世，曾无限接近这沉默
但今生依然是一个遥远

二十个谢灵运坐在出租车上
驶入本地的遥不可及

东东的左耳移坐到上海右边
出租车驾座上，鹤在开车

晓渡把醉拿在手上
与词对饮，无须酒杯

小雨下到最后是积雪
小路走到尽头是云散

二十个永嘉只有一个谢灵运
二十个西川一个也不在东晋

出租车再多开几米就开出了时间
司机回神,醉停飞鸟

谢灵运掏出词的碎银子付账
换乘飞机时,发现星空消失

在公元422年的昨夜,在离六朝
几米远的21世纪,万古消失
一个今人曾是另一个古人
而谢灵运谁也不是

随笔　难以割舍的精神乡愁

书法，是修远，是思接千载的事。每个有定力的书家，身上都同时活着好几个时代，活着一堆亡魂。书法，就是从已逝时间，从这些亡灵中，把自己的新生换出来。比如，从王羲之换神韵，从颜真卿换气场，从米芾换法度，从怀素换手感，从甲骨、竹简、碑刻的无名书写者换名字和身份。书法，如此万般地夺胎换骨，却不知今夕何年，此身何人。我们不知道，要等到什么时候，今人身上的二王，张旭怀素，这些伟大的古人才会停笔不写？这些二手的古人书家，让今人书家近乎无辜地心有所动，并且，星际旅行般浩渺地空等下一站，直到山河入墨，万物的落花流水驻步于笔端。直到思的笔触、感觉的笔触、云的笔触，在奇妙的宣纸上，把汉字如鸟群般打开。真的，好的书法，会神秘地把不是字的东西写到字里来，又把字，写到字外去。即使字被写成流水是云散和鸟迹，也借助刀的精神、金石的力道，满纸云烟，骨带烟霞。

我十岁的时候，碰上轰轰烈烈的“文化大革命”，父母挨批，我整天待在军队大院没事可做。课停了。大人们啊，你们叫我拿什么消磨一个少年人的漫漫时间和滔滔精力呢？这，可是万古闲愁啊。那时，哪像现在的少男少女，耳朵里听着HIP-HOP，眼睛盯着瞬息万变的游戏屏幕，脚下踩着太空步的节奏，哪有工夫停下来，打听一下，那个叫作万古闲愁的东西是什么。对十岁时的我来说，正是那个东西，那个今日少年不知何物，而我称之为万古闲愁的东西，将诗歌和书法，搁在我触手能及的地方。尽管小小的我并不确切知道诗和书法的奥义何在，但它们至少可以用来对抗无聊。时间本身，在写书法的过程中得以消磨，但也得以确立。

二十来岁时，我迷上了现代诗。为了一个纯属观念的所谓“当代”，我将正待出滋味的书法停了，几乎所有与传统文化有关联的东西都停了。古代，被当代给扔了。我，一个血气方刚的新青年，真是极端和迫切啊，连书法这样的事都不放过。也真算得上是个新诗的革命党人，非要把日子里的玉过得像砖瓦，把云的样子过成一场雨，猛烈地落下来。

又过了二十年，我才重新拿起毛笔，蘸了蘸一得阁墨汁，在宣纸上写字。因为这些年来，我渐渐明白了一个简单的道理：没有古代，也就没有好的当代。我的书法册里的东西，书写的时间跨度接近十年，现在我乐于承认，书法，是我余生难以割舍的精神乡愁。我有一个近乎认死理的看法：汉字是专为书写而发明的东西，不写书法，不知汉字之幽深。正如尼采所说：白昼之光，不知夜色之深。不过，我自己写了这么多年的书法，也未必真正洞悉了汉字的深不可测。

林　雪

1962年生，辽宁抚顺人。1981年开始发表作品。中国作家协会会员。著有诗集《淡蓝色的星》《蓝色的钟情》《在诗歌那边》《大地葵花》《林雪的诗》，散文集《深水下的火焰》。诗集《在诗歌那边》获首届辽宁文学奖诗歌奖，《大地葵花》获第四届鲁迅文学奖、第五届辽宁文学奖，2006年被《诗刊》社评为新时期十佳青年女诗人。1988年参加第八届"青春诗会"。

代表作　苹果上的豹

有些独自的想象，能够触及谁的想象？
有些独自的梦能被谁梦见
一个黑暗的日子，带来一会儿光

舞台上的人物被顶灯照亮
一个悬空的中心，套着另一个中心
火苗的影子，掀起一只巨眼

好戏已经开场。进入洞窟的人
睁大眼睛睡眠。在睡眠中生长
三百年的梦境，醒来
和一条狗一起在平台上依次显现

一个点中无限奔逃的事物
裹挟着那匹豹。一匹豹
金属皮上黄而明亮的颜色
形成回环。被红色框住
一匹豹是人的属性之一
在稠密的海水之上行走
水下的人群、矿脉、烟草的气味
这样透明而舒适。一些幽魂

火花飞溅的音乐还在继续

我怎样才能读懂那些玫瑰上的字句
一只结霜的苹果,想起无穷无尽
使我在一个梦里醒来
或重新沉入另一次睡眠
这已经无关紧要

赞美这些每日常新的死亡
在一个时间里,得到一个好运
在另一个时刻观看豹

与苹果。香气无穷无尽

新作　未完成的生活(组诗)

一个青工的第一个七年

下班了。我和她又去了铁西广场
天黑了,我们每说完一句话
天就更黑一点。只有星星
在她的眼里一点点
亮起来,我们计划着十年后
在这里,买起一处房子,安一个家
而我说,我会在第十个年头上
送她一枚钻戒

我在想象十年后到来的样子
第九年,第八年,还有第七年
那些加长的、不可预测的时间横在
我和她之间。一颗从未存在的钻石
上面开出的花,与她回忆的语言
与一首还没写出的诗,一起
在雨水里淋湿。

七年,七个365天。我们曾在青春时代
浪费过的青春的身体,虚无的家
无处降落的爱情,在公园和废弃的

铁轨上,一遍遍幸福又痛苦地
掠过她身体的手掌

在泪水和亢奋中,我诅咒空虚的命运
使我们一直空虚而贫穷地活着
可耻的,可敬的。广场上的钟声
空虚地敲响了。我们坐了
十小时。还要一直在这里坐下去
三年,我们将向命运预支一份
未完成的生活

在铁西广场深夜花园里
我们拥抱着,坐了十小时
沉默使她偶尔的梦呓在夏夜中褪色
并和飘浮的尘土一起
住进我们相拥的身体

雨落在玛根丹那小小的丘陵上

凌晨两点。一颗窗外小星借着春夜
凝视我。那星上一颗颗温热雨滴
咚咚敲打在锡皮屋顶上
我睡在那些句子里。而雨
落在玛根丹那小小的丘陵上

只有一条泥路可以抵达那些句子

从窗户可以看见乡路绵延直下
穿过整齐的栗树,延伸到石棉桦的集镇
又岔开,像祖母云鬓上分开的发丝
在起重机和铁锹中间
风把你的眉头吹淡
那些句子在我的人生中起伏成
陌生的、棕色的寂静
乌云啊！我多爱披上你的影子！
远道而来的进香客！疲惫的骡子
让一切在你的光辉中显示出来吧！

那从天空的云隙间和纸张一阵阵流出的
不是雨,是甜美的谷粒和细沙
那是她指尖的语法和灵魂的芭蕾
爱人啊！我更爱你那古老的情焰
和隆隆的火车驶进
我那草稿一样的黄昏

这炎凉世事多么值得热爱

犹记得我年少轻狂,不谙世事
一次次坐在返乡火车上
犹记得那些一闪即逝的灰矸山
像蒙羞的麦垛填补在大地深处
树叶在高速转动的电影胶片里
飞成鸟翅。空气里煤渣弥漫

火车头烟囱里喷出的灰沙
染灰了姑娘们的头发。犹记得
她们面如生灰,手握抓钩
握在空空的口袋里,像两块
死心塌地的生铁,时而抵触
时而吸引。这卑贱的未知的命运
犹记得那些邻居隐姓埋名
心怀忧伤。生活啊! 多少人的一生
像一根盲肠一样多余。像一篇草稿
从未正式发表。却心怀忠诚
爱你的永恒和虚幻
这炎凉世事多么值得热爱

我曾手捧蜡烛,等待玛根丹一年中
白昼最长的日子。直到青春消逝
从那时到这时,从词语到土地
我无由怀念、赞颂那些原始的村落
怀念、赞颂小镇弥漫的哀艳
我爱的许多事物尚未遗忘
尚未忏悔、尚不确认。犹记得
归来时衣襟被风涨满
那小小田蛙欢唱。坐享一小块
封闭年代的纯洁。犹记得她那山谷的卜辞
河流的颂歌,曾深受魔力的祝福
如何低于精神,却高于命运

女　人

我愿做你身边那个原初的女人
和你一起去河谷安家。我们
白天睡觉，晚上狩猎。吃紫杉树叶
和蓝蝴蝶草。我们把火种埋在
陶土里。舔晒白的岩石上的盐粒
那黑色的岩石上刻着我们的符号
我们一起在岩石星座中献祭
处女的血，和你眸子里的黑夜

在词语的熔岩和灰烬的火山后面
我们一起渡完沸河，再泅冰河
我们学习荷叶蕨和苍鹰的魔法
牵着那些植物的手，我们一起
沐浴几百个世纪的灰雨。只有
你我才如此绝世独立。让生活
尽享长长的误解，或永世的错

村庄近在咫尺，又仿佛远离一切
午后的山谷在自己拱起的脊背上
睡着了。从她幽深的胸腔呼出
一声轻轻的感叹：我多爱这身体内
隐藏的流放者的歌谣。爱我和你
来自苔原的传记。爱我们不曾有的
一大群孩子。一首诗快写完了

生活还杳无尽头。来吧。我们
铲平那些淤泥和冻土。那些
像心血一样呕出的诗歌。那些
没有生活的历史。和这首最后的赞词

最　后

旅人啊！这扇破旧的木栅门
最后通向荒野。黑色浪花染白
傍晚最后的漆树。谷仓后墙
在最后一丛蒿草中静静坍塌
最后，请让我为你打开
这最后的粮食和书卷

那棵桷树下将埋葬我最后的骨灰
但现在它柔软，脆弱，仿佛
已无所担当，仿佛已屈服命运
她那一团浓密的树影犹豫、颤抖
犹如那树下最后的女人，胸腹
悲伤、热烈，停栖着
最后的自由和王国

桷树树胶里珍存着最后的春天
无用的人们找到它，深知它的丰富
当马车用黄昏犁开高尔山峡谷
一支最后的谷穗飘落在我手掌

像我寻找已久的，那个生锈的孩子

最后的雨落在我的眼睛里。谁在
眸子的深处哭泣？看我眼里
流出的碎玻璃之河，一条
挟着词语和黏土，另一条卷起
金属和乡愁。人生若只如一场微醉
我的头发会向两边分开①
比木桶里最后的酒缠绵
比生窖里最后的土豆圆润

弯下腰，在荞麦粒中捡出
最后的石子，捡出这首诗
诗句中最后的海角天涯②

最后一场雪后的虚无。最后
一个单独的女人。最后一场
灵与肉的内战。为我！灵魂啊！
你囚在生命这最后的牢房里
我怎么能使自己是最后的逃犯
又是最后的狱卒？

---

① T.S.艾略特的《阿尔弗瑞德·普鲁弗洛特的情歌》中的句子，原句为：我将把头发往后分吗？
② 诗句中的海角天涯，H.温里克把句子描述为“语言学中的天涯海角”。

奔　跑

我奔跑在大地的诗篇里
奔跑在她那广大的慈悲中
诗篇的结尾并不是生活的尽头
桔梗那小小的茅尖刺向天空
我穿越大陆般漫长的白天
和丝绒般的黑夜

我穿越烧红的铜块式的青春
我和生活媾和。用了整个青春期
才得以沉溺。我还将用去我的整个中年
和黄金般迟钝的老年

我的身体沉在历史经卷的底层，犹如
时间河床上的淤泥。我穿越
所有女性身体的地理，直到时代
像火车奔跑。我，也是那个奔跑者
我要赶快奔跑。奔跑着的夏天
像个大水果慢慢成熟芬芳。她的
内部正悄悄腐烂。这就是我要说的
当我们面对面坐着，互相凝视
在我们眼里，时光最深处
镜子，玻璃，冰块。一切破碎之上

我要穿越我的影子。那三分钟，也许更多

多像一场默哀，一场内心的葬礼
因为天快黑了。我要穿越世界的本质
重新取回那被劫掠的天性

我要穿越平原上的真理。我的麻木
和悲痛一样深。我带着麻木和悲痛
一直穿越世界。那一个个互相关联的词

我在她们中间生活了很多年
有一天，当我老了。时代消失了的孤独
才发觉她们也将变得无足轻重

雨天里的郊区文化宫音乐会

那一次，从赫图阿拉乘早班火车向西
经过的小镇在黎明中呼吸，顺从
从鞋子的温暖，到一条公路用
速度弯曲，我要把诗篇
放在哪里，赫图阿拉
那必要的时间和真相才能出现?

郊区工厂的文化宫正举办音乐会
穿蓝色工装的女工们无声地奔跑着
披着雨，我们快跑，背影里春暖花开
穿行的雨夜在低语，而爱情
和幸福，和一切曾经的谎言

都已同音乐和解。正被我们经历

我看见在雨中尖锐的街道。回忆
或痛苦，都不能超过她的刀刃
她们的光芒，在一个被忘记的
城市上空飞过。一排栎树后面的红楼
一间年深日久的小厨房，多少兄弟姐妹
在那里挨饿、成长

许多年后，那女工中的一个曾失去仰望
爱情变成羞愧。她说，那年，当她
从音乐会出来，她身后
响起掌声，世界刚刚达到她的完美

而我，一个隐姓埋名的诗人
一个女人，来自一种旧生活的缺口
一处自我的深渊。寻着点燃
已经逝去事物的
导火索，在黎明微光中试着回忆
我们的火车又一次在深夜到达
她们还回来吗？去了哪里？
不。她们或许
已经被遗忘、被粉碎。在
记忆忧伤、生活单纯的地方

在瓯江以北

我对自己说:慢下来,好让你的江水越过我
我的肺腑之言是慢的,那些用泥沙堆高的岛
也是慢的。慢过我早搏的心率
慢过潮汐冲成的屿
慢过诗篇中的一个动词:“爱”
和爱后面的所有宾语
后滩坝。马儿沿着铁轨吃高高的青草
它们的头黑如雕像,肚子上沾满花香
它们要一直走到东海,驮上瓷器和银子
马帮的车轮从我的内脏开出
炙手可热的飞奔的时代
请忘记我吧!

在瓯江以北,我想要变得宽阔
我想撑住这副最美丽的骨架
让马儿跑出,让鸟儿飞进
让我爱的人用树枝轻轻抽打我
让鸟儿在身体里飞,且声声鸣叫

随笔 后街上遗落的诗篇

一个穿红衣的男人先到小店里逡巡一番，然后出来坐定。对着屋子的方向说："来一碗芹菜面，一碗牛肉面。"

小圆木桌的面有几处是剥落了漆的，不知是地面不平还是小凳不稳，有人还没坐上去，凳子自己就倒下了，很有些不堪重负的样子。

在去大悲禅院的路上，无意中就经过这么一排相邻的面馆。面馆虽简易、低矮，但生意不错。店外支起一张或新或旧的凉棚，凉棚下及四周摆出三五小桌，桌前坐满了人。看看吃面人的穿着，三六九等。举止言谈中也有似乎身份不俗的人。看人吃面，也算风情一种了。

在这样一条普通又僻静的街上，心中忽然一动：这应该就是后街了。

后街，是的。当我停顿了三天，似乎感官疲劳迟钝时，从灵感中邂逅到了这个词。

那一刻恍然发现：我一直深信不疑的直觉告诉我，那些纠缠在一起的心灵、风景和视线能寻找到的情愫会再一次青睐于我。

也许在一个来自外省的陌生女人眼里，T城已没有了严格意义上的后街：过时的街心花园，更小更矮的、更朴素的木结构砖砌楼房，浅淡到近乎没有色调的街道；破损的黯淡的楼梯。人们勉强地生活着——安然的贫穷和催眠般的遗忘。

后街？昨天下午，在那种似乎长长的又似乎是短暂的时光里，我给自己出了一道练习题。

后街——我把自己经过，或是跟随走进的那些虽不繁华，却记忆深刻的街道统称为后街——一个生活略带沧桑、怀念，有着贫穷与古旧意味的边邻街区。

后现代城市建设正飞快地、大量地拆迁那些仅有的社区。繁荣和发展的标志之一，就是早一天使所有的边邻街区都成为为数众多的商业中心。而我却慢慢喜爱有我临时住所的街道。

我对后街的理解：那些城市里所有离繁华、离热闹还有几街之遥的街道，都是后街。也许恰巧T城的城区图上，真的有这么一条后街呢！在一切商业和繁华之外的街上，是第二甚至第三类街区，生活着一群城市主流之外的人群，在权力或利益边缘。

在后街，每当天色幽暗时，街上总是一半是阳光，一半是街边建筑物的阴影。那时，我想明与暗是所有城市被定义的概念之一，那些阴影下的质感，是我们生活的另一个不可知的侧面。夜色越来越近，像一首诗，像那些一盏接一盏亮起的街灯。从小角门里转出来的急匆匆的路人，带着忧伤和快乐。还有几近坍塌的老墙，街深处有台阶和尘土的小杂货店。

我，一个后街女人。无论是被遗忘的生活旧梦，荒凉的挫败的灵感，生命忧伤的方向，我都将坦然收藏，并深爱、珍惜。

陈东东

1961年生，祖籍江苏吴江，在上海出生并长大。1984年毕业于上海师范大学中文系，现为自由作家。民间诗刊《倾向》（1988—1991）和《南方诗志》（1992—1994）的编创人，江南民间诗歌节"三月三诗会"（2005至今）的一个发起者和组织者。出版各类著作十多种，主要诗歌作品有长诗集《夏之书·解禁书》，短诗集《诗篇》，诗文本《流水》。1987年参加第七届"青春诗会"。

代表作 奈　良

往高松家的路上如梦
樱花树下时时遇见麋鹿
歇脚在一边翻看杂志克劳斯如是说

世界末日之际
我愿正在隐居

坐到法隆寺殿的黄昏瞌睡唯美之迷醉
又有铁铃铛叮叮
送来想象的斑鸠

走马观花一过
即为葬生之地

新作　幽暗之香（组诗）

废　园

风暴到来以前，店铺关门的黄昏
追悔的心情像这座废园
寂寞的女子临窗远眺
她知道那个人
已骑驴进入雨中的剑门

每个夜晚有一次期待。鹰的栖息
瘦小的街景和雷霆之怒
春天的女子在暗影深处
她手边一封信
泛黄了灯光

这时候一匹马突围又突围，有如
羽箭，从驿站向下一个驿站
飞射——它想要击中那
缟素的心——在风暴之前
被传递的辞章已扩散开来

她甚至分辨了最弱的音节，这
废园的耳朵，这废园的相思

她唱和的笔端伴以残洒
她知道那个人在同样的灯下
在倾听同样的风暴灌满

窗　龛

现在只不过有一个窗龛
孤悬于假设的孔雀蓝天际
张嘴去衔住空无的楼头还难以
想象——还显露不了
建筑师骇人的风格之虎豹

但已经能推测:你透过窗龛
看见自己,笨拙地骑在
翼指龙背上,你企图冲锋般
隐没进映现大湖的玻璃镜?也许
只不过,你刚好坐到梳妆台边上
颈窝里蜷曲着猫形睡意

那么又一次透过窗龛
你能够看见一堆锦绣,内衣裤
凌乱,一头母狮无聊地偃仰
如果幽深处门扉正掀动
显露更加幽深的后花园,你就能
预料,你就能虚拟:你怎样
从一座鱼形池塘的肤浅反光里

猜出最为幽深的印象——一个
窗龛如一个倒影，它的乌有
被孔雀蓝天际的不存在衬托
像幻想回忆录，正在被幻想

语言跟世界的较量不过是
跟自己较量——窗龛的超现实
现在也已经是你的现实。黄昏天
到来，移走下午茶。一群蝙蝠
返回梳妆镜晦暗的照耀。而

你，求证：建筑师野外作业的
身影，会拉长凝视的落日眼光
你是否看见你俯瞰着自己
——不再透过，但持久地探出
窗龛以外是词的蛮荒，夜之
狼群，要混同白日梦

何　夕

那无形也可以算一个姿势
放慢的胡旋舞，在空气里不过是
女明星挥挥手打发了残烟
天地间新精神替换旧腰肢

如今甚至已失传了想象

朱雀折拢翅膀，像一把滚烫的
壶，而枯坐茶楼上渐渐
温润的游客半探身，用一嘴
茗香，吐出不再有回味的浮世

“阮玲玉？NO……张曼玉！”
街对面一湖水稍稍倾斜
要把绿意，灌满打火机点亮
那一瞬。就在那一瞬，风漫卷

仅属于电影的闪回，把七世纪
长安，画报般哗啦啦乱翻了一遍
在其中挣扎又飘摇的一朵
被剪辑之刀半张着叼过来
拼贴一点点淡出的映像

意愿余火则残留至今，依然
闪啊闪，吹进每个人膨胀的肺
——再次吐出的再归于无形
再在半空中，以迷蒙之眼

烟视转换于角色和本色间
形神之媚行。这也不过是光影
媚行，是放慢的胡旋舞最终休止于
时态疑问里：“今夕，何夕？”
……女明星挥挥手又招引朱雀

梳妆镜

在古玩店
在古玩店
手摇唱机演绎奈何天
镂花窗框里，杜丽娘隐约像
弥散的印度香，像后宫
褪色，屏风下幽会

滞销音乐被恋旧的耳朵
消费了又一趟；老货
黯然，却终于
在偏僻小镇的乌木柜台里
梦见了世界中心之色情

“那不过是时光舞曲正
倒转……”是时光舞曲
不慎打碎了变奏之镜
鸡翅木匣，却自动弹出
梳妆镜一面
梳妆镜一面

映照三生石异形易容
把世纪翻作了数码新世纪
盗版柳梦梅玩真些儿个

从依稀影像间，辨不清
自己是怎样的游魂

辨不清此刻是否即
当年——
在古玩店
在古玩店：胶木唱片
换一副嘴脸；梳妆镜一面
映照错拂弦……回看的青眼

归青田

——纪念记忆

整个夏天，临睡前去铺开
被汗渍渲染得更老的篾席
再把盔形罩锈蚀了半边的那盏台灯
也移往滑爽的打蜡地板，摆放于
篾席微卷起破损的那一头

他躺下，就着灯，展开一册
《聊斋志异》——望夜里干脆
就着满月
边上，他儿子喜欢看
玉兰树冠和长窗的影子从墙角到天花板

他读一段然后讲解，朔弦明灭
语调各不同。浓郁之晦里
他儿子听见狐妖们踮脚轻点屋瓦
另有魂魄，凄然转过弄堂暗角
脸色纸一样，到水边幽怨

接着是另几个眉月和盈月夜
另几个亏月跟残月切换，枕席之上
他娓娓，演绎更多非人间故事
为了强忍住一个呜咽，为了用他
所有的诉说，不去诉说他母亲的姓名

又一个夏天来临，儿子已到了
他当初噬心压抑悲愤的年纪
凭着栏杆，两个人翻看一册旧书
端详着，终于会显影于遗忘暗房的
战栗的底片

——当这个女人
在早先的夏天突然发了疯
从自己的姓名里纵身一跃
沉进河塘，像要去捂紧油亮水镜里
漩涡一样无限收摄高音的喇叭

死和火红的黄昏之上，有另一只喇叭
重叠于落日，仍然在倾洒

喷射拉线广播的烈焰，半枯焦了
野田禾稻、运河与沟渠……穿过
这个女人的道路，入夜之后没于无声

唯有萤火虫把冷月领进了死之黑暗
于是，躲避满城持续的喧嚣
他重温母亲早年向他授受的传奇
恍惚两栖于阴阳世界。梦中之恋
天亮后幻化成光阴的废墟

而现在
从那册《聊斋志异》里，他找回
依稀于母亲所有前世的照片一帧
背面一行字，只为他儿子倏现即逝
——姓名：归青田，祖母……情人

谢灵运

永嘉山水里一册谢康乐
尽篇章难吐胸臆之艰涩

他的诗或由于郁闷便秘般晦暗着抒情
贯彻了太守唯一的政策

他要用那欲界仙都微妙的词色
将菜市口挥刀削他头颅的刽子手诋斥

他比他假装的还要深刻
还要悠僻邈远地跋涉

好赢得还要隆重的转折
正当

夕阳为狐屿勾勒金边
凸显于暮色天地间浑噩

随笔　年　代

对年代的计较正替换着所谓时代意识。也许，对年代的计较正由于时代意识的强化和细化？然而，议论年代的口吻里混杂的意味更多异味儿，语调满是叹息、怅然和怀旧的不堪，实际上却又隐含着骄傲。非要说诗人出生年代的不同造就了他们不同的诗风，甚或反着说，诗风的大不同全由于诗人们生于不同的年代——这可能并非无稽之谈，却难免成为滑稽之谈。据说，诗歌是经验；而在写作过程中，我更多体会到记忆之于想象的决定性作用。至于想象，我要多嘴说一句，它几乎就是诗之引擎。那么，年代的记忆和经验，倒的确是诗人们需要计较的。可是我相信并没有共同的年代记忆，如果回忆不过是自想象上溯，去捕获一个仿佛的依据，记忆的形态，就常常是一个添加了太多想象和幻想的仿佛的历程。可以计较和值得计较的年代记忆，无非诗人个人的记忆。刚好，我写过一组散文诗，标题就叫《个人的记忆》。这组散文诗当然也像我的其他诗篇一样，跟我的记忆纠缠在一起。我要做的常常并不是清理我的那些记忆，而是让记忆素材终于成为诗。无论从写作和阅读哪方面而言，诗歌之车一启动，就总是消耗着记忆。

在那组散文诗里，我则表述了记忆与诗歌的另一层意思：“被唤醒和说出的仅仅是碎片……”诗歌可以把微不足道的瞬间感受变为永恒，诗歌却未必能处理好记忆中最为刻骨铭心、时不时萦回脑际的重大经验——你大概很难用滚沸的岩浆做成雕塑。不过，跟事物拉开超物理的距离，诗歌语言的天文望远镜，就会助你一窥想象的天体，当然，这些说法很可能仅仅针对我自己的写作，支持这些说法的，当然也只是我的个人经验和个人的记忆。构成诗歌的主要事物,一如构成记忆的主要事物,是时间。时间又正是构成了诗人全部生命的意义和无意义。如此说来,诗人的所谓年代记忆,在此就仿佛中国盒子,仿佛我喜欢提起的象牙球玩具。在那部不妨称之为诗文本的《流水》里面,我用的则是另一个比喻——漩涡。诗人要追究的,常常就是层层相套在生命、年代(它有如时代的同义词)和记忆的时间深处的最终空无。而诗人说出的,常常是那个属于又不属于他的空无之形状。年代记忆、年代标记,它们的先天性跟你语言和种族的先天性交叉,规定了漩涡的转速、流向吗?

商　震

1960年4月生，辽宁营口人。中国作家协会会员。20世纪70年代末开始学习写诗至今。出版有诗集《大漠孤烟》等，长篇纪实文学《写给上帝的白皮书》等。

代表作　扬州遇雨

一进扬州　大雨兜头盖脸
街上的人像被强行洗刷的物件
我没有躲避也没用防雨器具
直接走进雨水里

雨水把我浑身浇透
解开了捆绑我的绳索
我的每个汗毛孔都张开嘴呼吸
如果　这场豪雨
再把我的五脏六腑冲洗一遍
让我纤尘不留
我一定能双脚离地　飞起来

有些人淋过扬州的雨　飞起来了
比如李白　杜牧　张若虚
虽然　杜牧总想着“玉人”“吹箫”
那也是神仙们向往的事情

我知道　我很难飞起来
身外的俗尘避不开
体内的泥土洗不净

想念心爱的人一定要躲在墙角旮旯

越走进扬州街巷的深处　雨越大
我希望这雨是戒尺或皮鞭
提醒我:即使洗不掉所有俗尘
也要踮着脚　做飞起来的准备

新作 一闪而过(组诗)

车过泰山

我乘坐的动车组火车
以每小时189公里的速度
缓慢地从泰山脚下走过
泰山太高大、太壮阔
从它脚下走过的事物
无论怎样加足马力
也是刚解冻的羞涩的小溪

我到过泰山三次
两次是一步一个台阶地走上去
一次是前几年自知年老力衰
借电力缆车把我送上去的
在泰山住过三个夜晚,为了看日出
两个凌晨被雨锁在被窝里
一个凌晨阴转多云
至今,我也没看过日出
也就是说,我看到的太阳
都不是新的,不是从海里
像顽皮的孩子带着水珠蹦出来的

今天，我坐在车里仰望泰山
从一个侧面到另一个侧面
我太低，看不到泰山的全貌

车驶过泰山
我依然回头张望

锄　草

知我者，谓我心忧；
不知我者，谓我何求。
悠悠苍天，此何人哉？
——《诗经·王风·黍离》

玉米地里有草
草开着柔媚的花
准备与玉米秧比高

我扛着锄头走进玉米地
草举着花，委屈地对我笑
我弯下腰对草说：
你这山花野草长错了地方
这块地被玉米注册了
你们还是回到山上和野地去吧

这是我第一次使用锄头

收工时，锄刃上有血
不知是草根儿的，还是
我划破了自己的身体

我扔掉锄头
抹了一把头上的汗
望望天
天闷着
没有风，更不会有雨
太阳也不会很快出来

故　乡

火车带着我，驶离故乡
我不情愿，又必须这样

不知有多少人，和我一样
几年回来一次
把故乡长久地带到远方
为了生存，常常把他乡
委屈地喊作“故乡”

故乡不是户口本上的籍贯
不是难改的口音
是情感里的DNA

在他乡，高兴时
会不自觉地说家乡话
苦闷时，就想起童年的玩伴
当遭遇尴尬要离开谋生的城市
又回不到故乡时
那一滴酸楚的泪
会熬成盐

年过半百的人，常常感觉
太阳和月亮是一个温度
只有故乡，是埋伏着暗火的炭

火车急速地跑
我转过身，让脸与车头背向
并安慰自己：
我是倒退着离开故乡的

在查干湖

一下火车，就被东北话拥裹
在北京，只有母亲才和我说东北话
来到查干湖，到处都是东北话
到处都是母亲的声音

母亲离开东北几十年
走到哪儿，哪儿就是东北

我第一次来到查干湖
感觉是又一次回到母亲家
平时就说不精确的北京普通话
此时已羞怯地溜掉

查干湖冰封雪盖
是一望无垠的平原
汽车在湖面上跑
人在湖面上行
水团结起来凝固
让浮力失去了力量

走在查干湖上，友人问我：
“在北京混得咋样”
我说：“就像走在这冰上，
脚踩实了也不敢说稳当”

离开查干湖
朋友来送我，我说：
“不用送了，回北京
我会和母亲说，我一直
走在查干湖的冰上”

畈田蒋

这是个普通的江南小村
房屋错杂却有序
村口那块刻着“艾青的故乡”的
高大石头
是村里最不协调的建筑

我不是来看这块大石头的
我想在这勾栏瓦舍、阡陌纵横中
寻找艾青留下的梦
那一年，艾青辞世
我曾悲痛地想：为什么
没有人替他去死
后来，我醒悟了
没有什么人具有替代他的资格

这块石头下，有一小块平地
摊晒着带壳的稻粒
我走到稻粒中坐在地上
想模仿其中的一粒
我感到了大地的滞重与阳光的强烈
却不能像稻粒一样安静、自如

我来时两手空空
离开时身体是纸糊的躯壳
艾青留在这里的梦
也许就是那些摊晒在地上
等着蒸发水分脱去毛壳成为
粮食的稻粒

一闪而过

春天在日历上来了
北风没有退去,寒冷还在
大地稍有改变,仅是
露出黄土的本色

我来到河边
看着刚醒来的河水
它们羞怯,慌张
像被父母带着去相亲的少女
噢,没有花草相伴
河水还没有勇气孤单地唱

这是北方,只有盛大的酷夏与严冬
春季不会比一声鸟鸣更长
再过几天,花开蝶飞
而春天,又只能在纸上怀想

楠溪江畔

让我是一汪水吧
我要加入这条江
我要宽宽地流，清澈地流
偶尔，泛起些小波浪

让我是一棵树吧
我要占领这座山
我要守住这山的高度和苍翠
制约风的癫狂

我站在江畔
向上游极目张望
看不到江水的源头
只看到先民们刀耕火种的传说
向下游看
也看不到入海口
但能想象，这条江会越走越宽阔

我心怀羡慕还有一些嫉妒
我想，如果我有足够的勇气
就把这江这山装进襟怀
带走

随笔 三余堂散记(节选)

一

东汉董遇是个好学之辈,又勤于劳作,便把读书习文的事儿放在三个时间段,即:“夜为昼余,雨为晴余,冬为岁余。”由此可知,董遇是个北方农民。“夜为昼余”不必多言。雨时不能耕作,便是晴之余。冬天大地封冻,无农活可做,又近年关,便是岁之余。我喜欢这三余,因为我做不到利用所有的“余”来读书习文。于是,我给自己的书房挂匾曰“三余堂”。

有了“三余堂”,我的那些“余”,依然被我随意挥霍。不是事务繁忙,不是红尘猛烈,是我没野心或无大志矣。

六

今夏闷热,夜里只得开窗户睡觉。一日清晨,太阳还没出来,一只鸟落到我的窗台上叽叽喳喳地叫。这声音除了尖厉,没有旋律可言。不柔美也不铿锵,就是唯恐人们不知它的存在。我闭着眼,翻了个身,嘟囔一句:“为了引起别人注意发出叫声的鸟,肯定不是好鸟。”

九

天气闷热,心情也烦闷。很想找个通道释放。酒不敢喝了,就鼓动自己写诗。要表现什么没想好,凭着语文经验就一行一行地写了。写完发给一个朋友,问:此诗如何? 朋友回了两个字:“装怪。”我猛地觉得这两个字恰切。没筹划好要表现什么，却要用一行一行的文字当诗，这是装，装腔作势的装。前言不搭后语，意象、具象纷乱，这是怪，怪模怪样的怪。

此诗改过三次最终扔进废纸篓里。“诗改三遍始心安”，是指本质上是诗的文字。用烹制红烧肉的方法烹制土豆，无论外表和味道怎样接近红烧肉，根本上还是装怪。

十六

读一篇闲文，《世说新语》载：“郝隆七月七日，出日中仰卧，人问其故，曰，我晒书。”此郝隆君虽有卖弄炫耀之嫌，但也足够引起我羡慕嫉妒了。我也算读书人，家中藏书亦是几千册。但与郝隆比，真是羞愧难当。我的书一部分是工具书，一部分是“学以致用”的书，一部分是买来摆在书架上装潢的，或者告诉自己这本书我有了，有而已。我肚里那点为了用而读的书，敢在光天化日之下露出肚皮晒吗?尽管我很瘦，露出来的赘肉也肯定比书多。

读书如吃饭，有人长赘肉，有人长力量。我是两样都不多，空费了许多粮食。

一位老师告诉我：读十万字可写一万字。我试过，不灵。后读百万字写一万字，方有几分自信。

十七

近年常用毛笔写字。我不懂书法，只是光屁股撵贼——胆大不怕害臊。或者，我觉得会用毛笔写字应是一个诗人必备的能力。常写，有时就琢磨着怎样写好，怎样能尽量地对得起观众。于是读了大量的名帖,也读当下书法名家的作品。读着读着,发现装扮成书法家的人大大多于真书法家,比装扮成诗人的人还多。有些书法家我看就是个优秀的印刷工,有技术,没创造。

大　卫

20世纪60年代生，本名魏峰。江苏睢宁人。《读者》首批签约作家。作品被翻译成英、法、日等文字。著有随笔集《二手苍茫》《爱情股市》《别解开第三颗纽扣》《魏晋风流》，诗集《内心剧场》等。1997年参加第十四届“青春诗会”。

代表作 某一个早晨突然想起了母亲

整整二十年，母亲，我还记得
那个夜晚，你像一盏灯
被风吹熄
哭号都没有用。十二岁的我
甚至还不知道
什么叫绝望与悲伤
母亲，你去了哪里
茫茫尘世
难道还有谁比我更需要你
作为一个最小的孩子，作为一个
七岁时就没有了父亲的孩子
你走了之后，母亲
我冻红的手指
只有让姐姐来疼了
许多次，上学的路上
我总是跟在年老妇人的身后
真想抱住她的双腿
低低地哀求着：带我回家吧，妈妈

本来我是你心头最放不下的一块病
没想到十年后我做了一名医生

当每一种治疗哮喘的新药问世
母亲，除了你
还有谁能提供原版的咳嗽
还有谁捂着胸口说：闷得我实在受不了
这些年想你，尤其在清明节
但你当初生下我，肯定不是为了这一年一次的怀念
有一次向你走去的时候
内心竟有了一些生分
怎么了，难道这是去看望一位失去联系多年的亲戚
当我在你的坟前跪下
发白的茅草，谁是你的根
母亲，这些年如果不是你守住了这个地方
我又到哪里去寻找故乡

新作　深呼吸（组诗）

一半是玉，一半是兰

我把你叫作薄荷的一半丁香的一半
玉米长出缨子时霞光把露水镀亮的一半
天蓝得像忧伤时
我也把你叫作忧伤的一半
你颤抖，我把你叫作哭泣的一半
你窒息，我把你叫作闪电的一半

喜欢你还因你是紫罗兰的一半
薰衣草的一半
郁金香初绽时半梦半醒的一半
明月孤悬，你是明月没有捧出的一半
世界侧过身子，你刚好是她空下的一半
树把影子做出梦来
你是她恍惚的一半眩晕的一半
我绝望时，你是更绝望的一半
余生无多，只能用一半来爱你
爱你的左边也爱你的右边
你若有毒，那我就用剧毒来爱你

你是我的一半，专门用来心疼

我是你的一半，专门用来发疯

这首诗给孩子

我本内心孤傲之人，是你
把我降低，在你之前
从不把河流、天空放在眼里
远方仅仅是一种传说
常常在三步之内
爱上一个人或者寂寞
如果两者同时爱上了
那就是一个人的寂寞

天空被使用无数次了
我不能给你更新的天空
不能给你大树
也不能给你小草。人间到处皆颜色
绿与不绿，是你自己的事

从一条道路到另一条道路
叶子落下的地方
给你松树的祖国
柳树的祖国，槐树的祖国
总之，我给你的全是木字旁的祖国
如果非要给你一个天空
她一定是从未被使用过的

蓝得让人晕眩，且是
草字头的那种蓝

生活无数，我只爱有你的
那一个。你不来
江山有多美
都是浪费
仿佛除了爱你
我不会做别的事
因为你，在群山到来之前
我就爱上了群山
做你的父亲是上帝的安排
你不是天使
所以我可以在人间
好好地爱你……

车过山东想起兄弟刘希全

天无边，就用惊雷勾边，群山绵绵
没有群山的地方，大地把自己铺开，脸贴车窗
把鼻子压扁，群山之外仍是群山
这是你出生的地方，平原分大块和小块
田亩分规则和不规则，有的并列
有的不——

火车风驰电掣，尽管从风和电那里

借来了比喻，但火车仍像一根鞭子，狠狠地
向远方抽去。如果你在，肯定只向
豹子或狮子借比喻——而你的比喻里只有豹子
这说明你是一头狮子
窗外，田野里已经收割的玉米
和正在收割的玉米，有着不同的表情
河流还像
原来那样转弯，天空蓝得让人不敢看
车过山峦和平原
皆无停下之意，但你却提前下车，以至于
车身突然变轻，车轮经过铁轨之时
整个大地和列车同时产生了震颤

死是一件多么容易的事——有时一天
我会死去无数次。痛苦不属于你，痛苦是
死亡之前的事，倘你不死，甚至痛苦都不是一个词
江山依然有人来爱，但少一个最爱的
女人依然有人来疼，但少一个最疼的
只用几秒钟，你就把死亡漂亮地完成
仿佛这是你今生
最大的一次成功——你太认真了，连死神
也奈何不了你。我已没有泪水
寒露之日，热爱与悲伤
皆属多余。你提前下车，我们却要在封闭的车厢内
继续污浊、憋闷，无可奈何地往前走去
我正经过你，车子加速

仿佛整个山东都是空的
群山扑面，平原打眼，风景在窗外
忽闪，像一副不停变换的扑克牌
万物汹涌，大地跑得越来越快
仿佛大地才是真正的
高速列车，一花一草皆为特快
这说明你真的
融入了大地。那颗心又开始了疯狂地跳动
以前为自己，现在只为大地提供最新的动力

小雪：提前到来的书写

我把雪给写了
写她一点点融化的样子
作为万物中的一部分
她正在一点点降低
还有谁可以像她那样
拿出全部的颜色
按天堂的样子
布置尘世

我把雪给写了，写她
哭泣的样子
那么小声，仿佛上帝就住在隔壁
一朵正在下降的雪
并不代表天堂

顶多是天堂失去的重量

我把雪给写了,单薄的身体
是不是因为坠落
才有了心跳?
吹她的风
是木头做的,也是金属做的

我把雪给写了
往白里写,往小里写
雪的影子还是雪,我经过她的时候
她也正在经过我
世界一片寂静
是我写出她的血

小寒:世界的柴火

不必过多地了解
你不在,我只能
以自己的身体作杯
把自己给饮了
这是两个人的醉,不是轻寒
更不是轻寒剪剪

此生无多
还有多少寂寥,多少苍茫

可供挥霍
时间和身体一样
用着用着就老了
我听到它咔嚓咔嚓的叫声
仿佛冰在破裂
仿佛一个我碰到了
另一个我

那是骨头与骨头之间的摩擦
那是骨头与骨头在争着开花
凉风吹来
因为你不在
所有的时间
都被我命名为夜

这么冷的天
不是我拆了你
就是你拆了我
那能分得清拥抱的
未必分得清折磨
这么冷的天
无非是我们互相把对方拆开
世界才有了真正的柴火

楠溪江:漂流

在寂静里转身,仿佛我才是寂静发出的
声音,竹筏经过江心时
江是绿的、软的
不堪一击的。油桐花开的时候
我只看见白色

有人说水,有人说水溶于水
又消失于水
天低处,江面更低
你穿过苍茫之时,正好也穿过了我

有什么好说的,因为你,我看见了
小范围的磅礴,也看见了大面积的虚弱
有什么好说的,因为错过,我多了一次日落

随笔　小句子

·十四岁发表诗作，十五岁独立谋生而成为小学教师，十七岁恋爱，因对方自杀而终生未嫁的米斯特拉尔，得用何种语气才能说出这句温暖而明亮的话：美即怜悯和安慰。

·济慈说："假如诗歌不能像树枝长出树叶那样自然而作，那它还是不要出现。"

·写诗，是需要气场的，但"像树枝长出树叶一样自然"是一种神妙状态，显然，这是诗的理想状态，水到渠成，最好。但有时，诗也是逼出来的，所谓"逼"是指"逼"着自己进入一种状态。慢慢地，也能写出好诗来。这方面的例子，有曹植的《七步诗》和王勃的《滕王阁序》为例。

·诗人自杀，没有一个是因为诗歌本身的原因而自杀，既然不是因为诗歌本身的原因而自杀，凭什么叫诗人自杀。战士不死在战场上耻辱，诗人不死在稿纸上也是笑谈。

·诗人为什么要与别人区别开来？诗人既不高人一头，也不低人一胸。和任何人一样，可以仰观宇宙之大，俯察品类之盛。当一个人处处把自己当成诗人的时候，一定是有病的，就像你感觉到身体里某个器官时，这个器官一定病了。你意识到牙的存在，肯定是牙在感冒；感觉到心脏的跳动，大抵是心脏有了外遇；胃口好的人，从不会感觉到胃的潜伏之地，当你感觉到胃的无处不在，不是胃炎，就是胃溃疡了。

·"没有比对人类的爱，更富于艺术性的事业。"我怀疑这句话不是凡·高说的。

·伟大的所罗门王说，以剑取天下者必亡于剑。相对来说，我更喜欢埃利蒂斯的那句话：凭鲜花取胜。

·天空在翻身时候遇上天空。

·每一堵墙都有空气的参与。“木头”是一个虚词。

·在寂静里转身，仿佛我才是寂静发出的声音。

·我的心空着的时候，正好给另一颗心留下位置与尺寸。

·你让美熄灭又把美擦亮，仿佛你才是美发出的光芒。

·这里的树都是慢性子，每一棵树都没有急事，每一棵树都能追得上自己。

·心与心贴得太近了，会产生孤独与不安，不安还是原来的不安，孤独却是最新的一款。

·这鸟鸣，可能是给我一个人听的，也可能是供两个人听的，如果我替一个人听了，那我就欠别人一阵鸟鸣。

·小说可以欺世，散文可以蒙人，唯独诗不成，你是什么样的人，就一定会写出什么样的诗。

·你若是李白，神也挡不住你。

·我承认，我还未历尽沧桑，我还在人间流浪。

·写作难度，就是怎样去掉诗中非诗的成分，怎样让诗更朴素。

·朴素才是伟大的神性。

·喜欢“笨拙”这个词。甚至我把希尼的那首《挖掘》也视作“笨拙”，当他写出“粗劣的靴子踩在铁铲上，长柄 / 贴着膝头的内侧有力地撬动”，我知道，一种朴素的、准确的、细节的、神性的写作诞生了。

马 叙

1959年生，原名张文兵，毕业于南京大学中文系，中国作家协会会员。在《诗刊》《星星》《人民文学》《十月》《当代》等刊物上发表过大量诗歌、小说、散文。出版有诗集《倾斜》，小说集《别人的生活》《伪生活书》，散文集《时光词语》。

代表作 鳄鱼醒来

晨雾渐渐稀薄，鳄鱼从水中爬出
笨拙、隐秘的鳄鱼
仿佛寄自旧电影中的一封长信——
几十年，它来得太慢，它几乎就要消失

鳄鱼把久远的往事推向寂静的密林
而它的灰色的眼神又看到了什么？
在河边，我的观察涉及河流及河流深处
而鳄鱼的静默涉及明天的自然

风从高处泄下，洗开眼前的一切
我看到鳄鱼的牙床，封闭的、错误的暴力
看到捣碎的青草为大地无尽地散开

鳄鱼无声地涉过另一道潜流
雷电。暴雨。
鳄鱼此时比一块石头更加沉默
鳄鱼一动不动
鳄鱼观察这个光明的世界
它聚合一生的事件就将来临

当大地恢复宁静

当遍地的青草加速生长

我看到，鳄鱼开始缓慢移动

几十年，多么漫长的时间！

我的诗，歌唱鳄鱼冷静、质朴的第二次显现

新作 灵魂的舞蹈(组诗)

手风琴与老鼠的舞蹈

一

一部手风琴,背带垂下。
一些空气坐在中音部。一些空气不知去向。
无边的低音部空着。

慢慢地,收紧肺部。回想一下过去。
在那儿,一次演奏有着太平淡的背景
而太多的时候没有言语

这时,一些东西比空气更空。
低头看到——远远地——远远地——
桌上有一支曲子:它还存在于苍白的纸上。
它逼迫我想到,还会有更多未知的事物。

二

老鼠从地底下爬出。留下了身后的孔洞。
那里,想象在展开、延伸。什么时候
在深处,更深处,它们比赛黑暗!

一小股风从里面发出微响。
继续混合气味、饥饿和其他
它离半个音阶太远。我的无知已经开始。

这一刻，事物是静止的。我的无知是静止的。
手风琴——也是静止的。
远去的老鼠，它拖走了我的部分思绪。

三

风箱多么紧缩。我的想象开始变形。
它拐弯抹角。充满阴谋。
黑暗中的空气紧抱七个音阶。它等待。

黑暗已经足够。等待拉开是漫长的。
手风琴，继续守卫自己。守卫
还没开始的曲子。也守卫一个沉默的阴谋。

如果老鼠返回，曲子就将响起。
如果老鼠远去，曲子就将响起。
这一刻。这一刻终将会到来。曲子终会响起！

四

这时。手风琴。手风琴被拉开了。
我看到返回的老鼠。有两只。
一前一后。渐渐地慢下来了。

而天色暗下来了。天色为什么暗得这么快?
老鼠转动身子。它的内心这么灼热。
它把前爪抬起。它惊恐。

一支曲子响起!
它俩舞蹈。为了再次的逃跑的练习。
学习金属键盘的战栗。冰冷、不安!

五

当低音部洪水一样地积压、推来。
它使演奏者的身子倾斜。
而老鼠的身子,愈益地向上抬高!

继而,它俩离开。远去。尖利的
高音出现了! 拉开的风箱,使空气稀薄。
老鼠远去。演奏者在歌颂减法。

更多的事物正在消失着。又出现着。
我记着两只小小老鼠的舞蹈。
我知道,我与它们、与更多的事物
有着一样的惊恐与不安!

暗夜的乌鸦

待我走到暗夜,我才认识白天的一二事物。
进入暗夜后我只听到很少的说话声,
他们仍在说些白天的事。
而乌鸦就在他们的头顶
它要努力把白天剩下的事往黑暗深处压。

在暗夜,我首先遇到了邻居
他已经多年没有出现。
今晚他被我遇见了,
模糊之中的一惊。我想起了
多年前的事。

多年前,他拿走了我的一本书。
我曾经计较他没有归还,
他一生只还给我书中的一句话——
“我的一生至少要相信一个人。”
他说这句话时,天色已经暗下来。
此后,我再没见过他。

暗夜的乌鸦,一直没有发出声响。
直到我感觉到它无声的存在。
而它是没有邻居的,
多少年后,它把一块黑暗放在我脑后,

这是它应该归还给我的事物。

蝙蝠闪动

在靠近傍晚的时间中
我听到一次有关蝙蝠的复述
讲迷者压住内心的惊惶
沙哑的嗓子握着一个低声部的虚词
而蝙蝠在虚词之上盖上一层无声的风暴

来了，听讲述的人来了
他站在屋前，竖起耳朵
他给自己滴入蝙蝠盐水似的叫声
他想起白天的病——
恍惚中一只蝙蝠的翻飞

他离讲述者有几步远距离
几只蝙蝠在更远处飞动
它们有时处于讲述者与倾听者之间
它们低空快速飞动，一个虚幻的事实——
讲述者到底讲述哪只蝙蝠更接近真相?
而倾听者又将把目光投向哪一只?

无数只蝙蝠继续在暗夜里闪动
直到其中的一只倒挂在屋檐上
有一个单身汉的游魂在今夜暂时代替了它

而讲述者的心里依然烦恼——
面对最后一只蝙蝠的飞翔
他却再也无力描述！

渡船上

两岸的距离间被放进了一条船。他跟着拥挤的人群一起上船
他站立的位置更靠近艄公
如果计算年纪，他是艄公的四分之三年龄
而艄公三分之二的年龄
已被这条江河的流水带走
现在这条船上有老年、中年
以及青年和孩子
他是这船上另一些人的镜子
他们的半世人生

他站立在平稳划行的渡船上，生出错觉
——白云在水底移动，燃烧，他的脸上发烫
仿佛回到了青年时代，双手握着蓝色的理想
仿佛离开了渡船，水中的一条银色的大鱼，自在，激荡
直到有人喊出身边人的名字
——也喊回了他水中游荡的魂魄
而他身旁的青年，仍然有着绚丽的年纪和
更多的梦想！

昨天，他的力量在天上，蓝天更蓝，白云更白

今天，更多的力量在水中，在渡船上
——更加踏实地叠加生活
与身旁的人贴得也更加紧密
这样，在水上，乘着渡船
把沉重的人生虚化掉一点点
——他看到艄公双手握着撑竿
优美地划向前方！

他还要绕过船上的人继续触摸时间——
短暂地回想早年时光：隐秘，散乱，色泽艳丽
从青年到中年，放弃更多唾手可及的事物
现在，它们与水中的白云一起
承担昨天的减法与流逝
——而渡船承载着更多的现实
——平稳，持久，与更多的人
一道，从此岸到彼岸，再从彼岸到此岸

孤　旅

他把自己武装到牙齿，像一个坚定的革命者
让危险的节奏上升到胸部。遥远的路途上
他背负越来越沉的孤独
越进入深山的腹地越是日益地孤单
黄角雉飞过，远去，告诉他，辽阔的祖国此刻
——自然，繁茂，生生不息

他与前一个自己背道而驰
这一个来得浪漫而艰险
他把这匹野兽放到前面去
身披华丽皮毛,放纵,率真
多远的路啊,途中坐下,一边思想,一边
坐在岩石上,小心掰碎一块压缩饼干
仿佛起义者做着一件秘密的事
与清水一起,带着下一步的喜悦
进入血液与山林

山高林密。指北针,火腿肠,酒精炉
它们与无声的汉语相互纠缠
此时,他像自己失散多年的一个亲人,回来
回来了,坐在对面,长久无言
合成一个全新的人
这样,再让第三个人继续牵挂
——夜里,他想起祖国与爱情
就睡得特别的放松,特别的好

醒来的他再次俯身在地图上
细看数座高山,数条江河
他的幽暗魂魄分给了未知的路途
他暗喊一声:祖国啊
他的孤独要与她一起分享,一起历险
一起把一只小甲虫放在额头上炫耀
他写过好几封信件,左手把它装进背囊

右手再把它取出阅读
他阅读比他更孤单的汉字
那天，唯一一次，他仿佛看到绚丽的晚霞
光芒四散！

越走，越远，越危险与孤单
越走，越远，他越坚定
他已经是一个坚定的革命者了
他把灵魂放在了山水深处
他已远离家乡
许多天了，家乡的亲友，等着他的消息，等着他回来

随笔　在雷声中停顿

我慢下来了。小说、诗的写作速度慢下来了。散文的写作速度慢下来了。

我的生活更加松散，慢。

照例是上班、吃饭、睡觉。片段式的生活。生活之外的生活。

面对更多的事物时，我感到了自己感觉的突然。我在对自我感觉的判断中，遭遇了事物的另一个镜像，它布满了凌乱的、纠缠的另一个自我与俗世，而这些事物也是松散、缓慢的。我十几年如一日地面对一座县剧院，那里面，开会议，演歌舞，羊毛衫展销，劣质瓷器售买，人来人往。演员老去，一个大胡子经理从那儿退休。在一个个阴云密布的雷雨天，巨大的闪电劈在我这幢旧楼房与剧院之间的空地上。雷声远去，下一个雷声正在积蓄。在另一个我居住的地方，一次次的雷声中，被闪电照亮的一些事物，在幽暗深处呈现着，在停顿的间隙向着我一次次地逼近。

在这一次次的停顿之中，我仍坐在自己的办公室里，仍坐在自己的居室之中，对记忆、对事物、对生活、对俗世，会张开那么一只复眼。一些事物的细节，一一在阴霾之中呈现出来。

事实上是，生活是这么凌乱，生活同时又是这么的丰富多彩，并且生活又这么具有一种生存质感。是的，在这个时代，遇到的事情太多了，我没来得及选择事情的时候又已经被许多事情所选择、所裹挟，生命在这之间翻滚着前进，这种状态中的你没有理由不用真实的文字写作，没有理由不用具有生命质感的文字来逼近幽暗的事物深处。在

“我生活，我看到，我说出，我写作”之间，有个“什么”存在着。这个“什么”是写作中的未知，它也正是我要去写出的未知，这个未知其实已经存在于事物本身，只有在生命对它的细致体验中才能缓慢地抵近它。因此，在尊重原发式写作的同时，对事物的思考是必需的。这种思考不是凌空虚构，而是具有形而下的品质，在形而下中抵达生命中一种自由书写的质感。

在这么一个时代的深处，我既用文字构筑俗世的同谋，同时也构筑内心深处的退却。身后总有一些事物处于悖论之中，这有时也是自我的悖论。一碗饭举向我的头顶，一份工作贯穿几乎一生。文字在这之中散落着，有时它与我的脚背等高。它向下散落着，以此形成文字的一种向度，这向度即面向生命与事物本身。生命与事物都是处于低处的，它与大地贴得很低，同时，它又是开阔自由的。当我的文字向它逼近的时候，我可能会在一定程度上模仿它，但是更重要的是叙述它，让它来向生命与事物致敬。

我写小城、河流、剧院、街道、睡眠、听歌、村庄、大海。缓慢地生活，缓慢地写作。

冬天到来之后，紧接着是新年的到来。而我仍在松散、慢之中。

期待着夏天的到来，期待着雷声的再一次响起。

阳　飚

1953年生，祖籍天津，幼时随父亲工作调动，全家迁至西北，中国作家协会会员，一级作家，出版著作有《阳飚诗选》《风起兮》《墨迹·颜色——揽趣东西方绘画》《中国邮票旁白》《山河多黄金——甘肃文物启示录》。

代表作

纪　念

除夕之夜
我在楼下十字路口
给父亲烧了些纸钱
儿子陪着我
个头一米七八的儿子
这一刻突然使我感到老了
我对儿子说——
以后我死了,逢年过节不用烧纸钱,只在心里想想就行了
儿子默不作声
更好地活着,就是对死去的亲人最好的纪念
这话我说给自己,也说给儿子
儿子默不作声
十八岁的儿子,还不懂死亡
以及死亡留下的重量

我和儿子回家
横穿马路的时候
他搂了一下我的肩膀

新作 山河多黄金(组诗)

崆峒大事记

《庄子》载:黄帝问道广成子
我疑惑广成子乃庄子前世兄弟
隔一片时间的开阔地
庄子和广成子互相作揖施礼

据传周文王铸鼎出身
大力气的周文王伐密须国不战而胜
天的事刻于龟甲
筑灵台祭天,爻辞为证
周文王把兽血泼于青铜上,继续铸鼎

西王母歌:白云在天,丘陵自出
周穆王乘四白狼四白鹿之舆,越泾河
我轻而易举便将八骏之驾改为狼和鹿所拉之车
多一些浪漫传奇,隐藏起一对世间男女的私情

秦始皇西行登崆峒
命李斯篆书勒石"西来第一山"
这位始皇帝俨然是位石头印章爱好者
看见好石头就心热手痒

汉武帝跑马圈地一次次勒缰至此
前秦苻坚置平凉郡于此，平凉名始见史册
宋代的范仲淹走了，清朝的左宗棠来了
灯笼一盏，一盏灯笼
亮了又一家姓氏

大事匆匆
且容我记一件不大不小的事
崆峒僧人法淳曾率僧众击溃入侵西夏兵
北宋皇帝赐号“志护大师”，并赐紫衣
崆峒天下武功缘此乎

一阵风，就把崆峒落叶刮进了平凉城
一个人，顺从脑子里那头毛驴的指引
妄想走进平凉柳湖书院
揭下那张中第的红榜

他继续妄想

写给天祝藏族画家朋友奥登

天祝，盛产贡品白牦牛的故乡
我想有一把牦牛拂尘
维摩诘那样用三根手指头捏着

奥登画过一头白牦牛，题名“神兽”
“神兽”的尾巴藏了起来
“神兽”的尾巴只在夜深人静的时候甩动几下
然后，又藏了起来

奥登领我们参观天祝出土的那头元代青铜牦牛
然后，去看广场上的巨型牦牛雕塑
几头刚刚从祁连山岩石中走出来的牦牛
脊背上披着雪，不肯融化
不是昨晚降落的雪，是元代的一场大雪
坚持至今，不肯融化

横刀拭雪的元代
是否有公主在这附近一寺院出家为尼
仍是未解之谜
历史谜多
我看见某寺院外一块巨大的陨石
几乎被太多的哈达淹埋
为什么？活到一百多岁的高僧不告诉你

天祝天高，一朵狮子祥云
是不是可以改造成一所藏族小学
奥登不知道，没人告诉他

嘉峪关魏晋墓砖壁画(二首)

牛车图

牛车慢慢晃着,摇着
晃着,摇着
听见身后的鸡一遍遍叫了吗

雨躲在云里慢慢追过来
戈壁上的雨还没落就不见了
赶车人挥挥鞭子
大木轱辘车一下子就远过了魏晋

雨追不上
时间一天比一天旧
赶车人兜里揣着的一纸感冒药方
早已经成了文物

牵驼图

沙尘暴的痕迹
还残留在牵驼人的脸上
这是一张读经的脸、供养人的脸
沙尘暴刚刚过去
牵驼人忘记默诵到哪一句经文了
忘记去路和归途了
他想找佛问问

那时候落日还没有落下
他牵着骆驼
要从落日中找到佛

兰州白云观

白云观隔条马路就是黄河
白马浪渡口羊皮筏子繁忙

百步之遥
宣统元年建成的黄河铁桥
耗大清国白银36.6万余两
最后一个皇帝两年后下台
二十五艘船相接冬撤春设之浮桥
遂成记忆

白云观有松已逾百年
马步芳军队曾驻扎于此
黄河浑浊,士兵尿频
早几年,有人曾于后墙抠出铅弹数颗

上世纪七八十年代
白云观石镌匾额下有牌:兰州市文化馆
满院子练功的清嗓子的
朋友杜建民美术系毕业分配在此

他作有大幅黄河水车的油画
想把隔街黄河水提灌进白云观吗
浇一院牡丹

焚香诵经
云云往事
白云观适宜独坐、听风

子午岭学校

风声树声，学校安静
学生哗哗翻书
书上江山
八千里三万里移来挪去
秦始皇散步于子午岭秦直道
像是体育老师散步于学校空旷的操场

书上江山
散步者体内狮虎
躲在某个文言虚词后面低声咆哮
几乎让人相信
习性已改嗜纸喜黑

一段历史

流水慢，往云上走
白鹭一只

佛在寺院乘凉
看见众男女,看见沙里藏着金
佛或许还看见
骑牛的那人遇上南宋落难皇帝
毋庸置疑,这位皇帝
增加了一隅江山的青苔,有时候是黄花

我看见

永嘉郡守王羲之隔江磨墨
一条江水空着,等待书写
又一位永嘉郡守谢灵运樟树下踱步
杨梅押韵,枇杷合辙
我自谓永嘉辖内一介草民
懂一点儿书法,懂一点儿诗歌
热爱偶尔有鱼吃的生活

墨迹未干的人去了会稽赴任
习惯于山水平仄的人罪徙广州
他的诗歌没有记录下最后的霉运

不一样的朝代
风把草吹黄再吹绿
把不算远的大海吹乱
楠溪江上游的水流到中游
为了让我看见

随笔 歪 说

——代创作谈

2010年11月，我又一次来看嘉峪关魏晋墓砖壁画。距前一次到这儿已经又过了十来年的时间了。

从砖壁画“驿使图”说起。

古代驿使，就相当于我们现今的邮递员，穿一身绿衣服骑一辆绿自行车，挨家挨户送信送报，腿一偏上去了腿一偏下来了。

20世纪80年代初我开始发表诗歌，时不时楼底下邮递员就喊开了：“阳飏！拿印章！”汇款单要签字盖私章才给你。更多的时候是听见喊：“阳飈！拿印章！”“阳风！拿印章！”“阳啥?！拿印章！”管他阳什么反正有钱，我三步并作两步就跑下楼去了。每每心生感激，老想请邮递员来家里坐坐喝杯茶，稿费钱不多，但好像经由他们手白送我似的，一口一个谢谢师傅。绿衣服的男师傅女师傅一路响着车铃铛就拐进另一条巷道了。

《实用集邮词典》对“驿使”这一词条的解释是：古代传递文书的人，也指信使。《后汉书》记载，汉代驿使的服饰是“赤帻绛”，即头戴红色巾，身穿大红袖上衣。甘肃嘉峪关魏晋时期(公元220—420年)墓葬出土的画像砖《驿使图》，是我国目前发现最早的古代驿使画像。砖上的驿使持缰举牍，飞马急递，再现了当时边境地区驿传的情景。

嘉峪关魏晋墓一块块画像砖上种地的收割的、牵驼的牧马的、宰猪的杀鸡的等，以及铁叉子烤羊肉串吃的、还有在炭火盆上温酒的、一口肉一口酒，一派人间好日子的模样。但是，对于这“驿使图”我却没有印象，只记得那天风很大太阳很好。看完魏晋墓从地下出来，一群中央美院的男女学生刚刚参观完，兴奋得叽叽喳喳。那是上个世纪的1999年10月，那天风很大太阳很好。可是我为什么就没有看见这马蹄急促的“驿使图”呢?我印象深刻的是一“鸡头人身图”，并且还颇感兴趣地写了几行诗：

这是一个大红冠子男人
一个要在另一黑暗世界啼叫的男人
一个把身体里的血举过头顶的男人
一个在某一天早晨必然开口说话的男人

——鸡都叫了，该上路的早就上路了。

可是我为什么就没有看见“驿使图”呢?

现在来看这作为中国邮政标志的“驿使图”砖壁画：一骑在马上的信使手举一竹简信札，简单流畅的线条勾勒出了人物和马的动态，马身上看似随意地涂抹了几块土红色——这种土红色其他画像砖上也有，你看，那几个妇女的脸颊就涂抹了这种土红色；再看，那个农人端着的大托盘里的猪头也涂抹了土红色。我估计，这就是匈奴谓之的“亡我祁连山，使我六畜不蕃息；失我焉支山，使我妇女无颜色”的胭脂色吧?

一匹涂抹了胭脂色的驿使马，信使一翻身下来了——他看见“三碗水”了，沙枣树下倚门的妇女脸颊胭脂色——一翻身上去了，过了“三碗水”，再跑几十里地就到“一眼泉”了——这信使会不会信口就喊：“阳啥?!　拿印章!”

作为中国邮政标志的“驿使图”中的这匹马和距嘉峪关不远的凉州出土的作为中国旅游标志的那匹“马踏飞燕”铜奔马，都是吃焉支山下的草长大的吗？凉州大马，横行天下——我似乎看见，霍去病就是骑着一匹涂抹了胭脂的马，一次次不无优雅地击败匈奴的。

“一眼泉”到了，马上的信使高喉咙大嗓门喊道：“霍大将军！拿印章！”

为纪念中华全国集邮联合会第一次全国代表大会而发行的一枚“驿使图”小型张，邮票底图是一只只浅色大雁，暗合了我国古代“鱼雁传书”的典故：

客从远方来，遗我双鲤鱼。
呼儿烹鲤鱼，中有尺素书。

把书信藏在鱼肚子里，像是陈胜、吴广谋划起义藏在鱼肚子里的帛书——虽然是人写的，但藏在鱼肚子里就变成了天意。天意不可违，“张楚”旗就这么矗起来了——相对于“鱼雁传书”的本意，我这是歪说。

高　崎

（1945—2013），浙江温州市人。浙江大学毕业。中国作家协会会员。作品见发于《诗刊》《中国作家》《诗选刊》《江南》《诗歌月刊》等，入选多种选本。出版有文学专著《复眼》《圣迹》等七部，主编《浙江大学诗选》等两部（合编）。

代表作 箴　言

火焰剥夺一切，也必须剥夺自己
将一切投入火中，并非终点都是渣滓
部分是金，是箴言，是鸟王
火焰的阶梯
盲人所要冀求的道路
温暖是一个适度：近之疯狂，远之淡泊
明洁的精神将肉体的物质点燃
所有的脚步朝下，唯火向上

新作　照耀与发现(组诗)

走在水上

——楠溪江写照

我从一朵水走在另一朵水上，
这条大江沾满了春季的傲慢。
每个奔腾都有山谷心跳的隐秘，
固执己见，不说，我也不过问。
我带上这个迷惑和蝴蝶，搭筏过江。
江水无边啊。天空类似一带闸门，
将流浪拦住，将空谷的喊声挡住。
波浪在涌动，涌动，涌动……水并没有走失。
夜月低语。唉，对岸
灌木林里的窗口还未点亮。

这个看似荒凉落后的山水，
是诗人共同的读本、我的母亲。
它还是固执己见，至少守卫宁死不放的林木
石头内部的一汪汪幽灵到处享受。
让虚构的阿谀远去。筏上，我决定握住
现实——如握住某些原则：
像握住锦雉羽毛的矫情那样

与一大把带有荒凉体温的绿，歃血为盟！

庄稼在上

我们都是天地的庄稼
用文字吐着穗

跪着，或站起来
背负先人的教训，然后扬谷

血液之海，维护着风声
很多候鸟重新停落

土地都是威武的庄稼
用智慧雕造神，吐着四季

沉下，或升起来
踩着太阳有力的热量，然后现身

我们怀着永生的呼吸
众穗清楚的节奏，如炬的角度，使人间沸腾

姿　态

我看到蝶的一半，是飞向天空
负荷着旋转和透明

我看到蓝天夹进了它的小翼里

我一直以为它来自冬天
是冬天的小屋顶,冬天孕育的
骨骼

在风暴中成为魔王
在风光中成为一株相思树
通过它的嫁接,大海,
纯粹变蓝

我看到它是一张微热的书签
无论在海洋的哪一页
让你记住
最崎岖的黑暗

它在淡黄的大背景里
站立最久
它本身是一滴淡黄的石子
扔进春天回声一串

像一位理发师,整理着
高傲的平原
它抚摸思想的面貌,它的小手
捏住整个月亮不放

通过故乡,蝶不会消失
情歌里它像一抹炊烟
我看到它是复活,敲打铁轨
一种热烈的良知
传达到
中国的内脏

照　耀

抛弃了命运。阳光正在加热,
城市的全部器件渴望着飞翔,包括女人的心脏!
我的螺帽将是无声的旋转。

在劳动中铺开整匹草原。
让牛马尽情吮草和交媾,一朵罗勒花
点亮了远方!

靠拢亲人。从历史底层里寻找经典。
阳光飞舞吧,三条河流开始颤抖,
光抽打整个部落上的格言。一堆废墟。

记住那些女教师对我的赞词。
踩灭黑暗,路途就多一分的清晰,
只有才华掌握在兰波手指里非常明亮。

土墙低下去时山峰才暴跳如雷,

将阳光涂抹终身，原始气氛上升，
我们到另一个家里取暖，远离最亲爱的人。

无雪的日子不要感激。
一无所有地将神话击碎，重新组装
在每一个夜晚捕鱼的人将自己全部落网。

随笔 幸运:靠近诗就是靠近天才

我后来是从大师的书籍中,从米沃什或拉格奎斯特的笔下所发出的极其锐利的文本,那些才华逼人的韵律与构造,那些狂妄地超越先人的哲理中,才略加明白:诗歌不能那样写,应该这样写。首先你要逾越“传统”——在这里,传统仅作先前文学的壕堑而言——你才算迈出一步。

真正的诗歌自诞生下来,摆在纸页的大地上,就是先知的作物。发光的,包容的,神经质的,鲜美的,诡异的,不可理喻的——你想借着什么最巧妙的东西来比喻都可以,这就是心怀叵测的诗歌。

读过史蒂文斯、勃莱、塞菲利斯、勒韦迪、叶赛宁,甚至一生封闭的狄金森等人的作品以后,你才知道诗歌与魔力存在多少距离,几乎不到一公里。你才知道诗歌与深沉这个抽象容器有多大关系,它俩应该是同一血缘!

我曾经为里尔克的一篇长篇散文诗震动过。我是用整整一个上午在那个小竹林里,忍耐着蚊蚋叮咬去吸收它的。陌生国度陌生人的作品,为什么使我这样自虐地体贴着?为什么要将一些极为珍贵,而且明知道一去就不复返的光阴认真地花费在它的上面?因为它的本质跳跃着诗的大气,跳跃着不可言传、只可意会的狂美的立体。“幸运得爱不释手。”我想,若有人在这种时候响起枪声,击毙的不仅是安宁的空气,还打死了诗。

世界上,还有很多人为某个诗句就义。有些人写下诗句,然后共赴死亡。这就是诗的价值:创造一个相似事物的手艺和心愿的胜利。

我在另一些场合想，思念或纪念时，想嫁接两者灵魂的苦心经营：“那里明月会为你敞开它的殿堂 / 而我会成为你泣诉的导师。”这只是诗最和平的用途了。

将内心阻塞的东西推掉，那个出口处就是诗。在诗中，浑如梦想：大胆，任性，无所不为。可以不要天空，也不要背景。将世界的最大胆、最荒诞的行为，投入梦的这个物体进去，犹如星辰全部放进天空，也永远无法填满。

帕斯已经觉悟到这点：他，已经在诗里长眠不醒了。他又是踩着诗这个梦细胞做成的轮子，奔跳不已！——“风的手和唇 / 水的心 / 我擦擦眼睛 / 天空行走在地上”。

朋友，——这“朋友”一词指我自己——很多金箔已经陈列起来；还有薰衣草与它旁边的乌鸫，它们组成一个强大阵地。大量平庸的诗歌将更多，因为一面是诗的诱惑力，是虚荣导致；另一面是对它肤浅的理解，这些是不可原谅的。“鱼龙混杂”，这是世纪的辩证。

有一个镜子可以拿出来，那就是：活力。“大自然——会偏袒一棵松树。”然而，诗——这世上曾经有过睿智的少数，它在灵魂的刹那，即使雷声停止，也总会发出虎啸的。

漫天鸿

1957年生，河南西华人，大学毕业。曾用笔名俞紫翎。1978年开始诗歌创作，坚持三十三年笔耕不辍。作品先后在《诗刊》《星星》《河南日报》《奔流》等报刊发表，著有诗集多部。

代表作　我也成了测天的好手

开花的时候多　灌浆的时候少
青涩的时候多　芬芳的时候少
一辈子我总是遇上狂风骤雨
一辈子我总是在不幸里踯躅
于是我知悉了雾　霜　雹　霰
于是我洞穿了镶黄云　疙瘩云
于是我也成了测天的好手
于是我的每首诗都擎着时令的芽胚

新作 人与世界的对话(组诗)

与世界对话

我纯粹是个热血贲张的人
我纯粹是个越烧越热的人
我纯粹是个心尖蹈火的人
我纯粹是个火舌舒卷的人
我纯粹是个火焰爆响的人
与火结缘　那是我的命份
我知道　只有燃烧才能应付清冷
我懂得　天下万物　都有它的香芬
一如天空　金豆子般的星罡
直到苍老都喷火不止
日益黯淡与我背道而驰
越烧越亮那才是我的作品
直到一声长啸　光芒万里
与世界对话　我也要高擎火种

我命定属金

我命定属金
一万斛沙粒掩藏的那种金
与尘世嘈杂不重合的那种金

天上陨石也砸不出火星的那种金
和荆榛灌丛走向平行的那种金
内心炽热　外部冷峻的那种金
痛饮乌江　也不解饥渴的那种金
劈开祁连　也不卷刃的那种金
黑暗里　熠熠闪光的那种金
诗歌里　从不变形的那种金
我佩戴着肃杀　走南闯北
一朵小小的火焰
足可概括我的一生
如今　我还在日月的炼炉里长嘶

而我已到中年

人到中年
只是学会说话
只说那些　儿女绕膝的话
只说那些　醋酸茶香的话
只说那些　故乡热土的话
只说那些　日子比树叶还稠的话

人到中年
只是学会沉默
不说那些　眉飞色舞的话
不说那些　卿卿我我的话
不说那些　八竿子打不着的话

不说那些　云头开花　海底结籽的话

而我已到中年
咋还老想咆哮
话还说不囫囵呢

我只想告诉世界

世界只有一滴水　一只蜜蜂　一翅蝴蝶
一颗红日　一轮明月　一架山　一条河
一只鸟　一头狼　一个线粒体　一个DNA
一粒沙　一腔血　一部时间　一本画册
沿岁月上溯　天下万物——
足能走到一个原点呈放射状喷吐火舌
诸如商贾　侠客　土著和牛仔
抑或元首　黎庶富豪和丐哥
八千代以前我们都从一个女人走来
连我的诗　都像狗尾巴花儿那样开着

尘世短柬

在这尘世　我只侍弄我的心
不是我驮不动　没有这个脚力
不是我不爱惜不能与之长厮
尽管如此　我也要日夜打磨
在烧霞四起时把她放飞

百慕大的浪尖　我要轻舔三日

西风带的腋窝　我要洞穿一宿

巴伐利亚之夜　我艳遇有惹

稀树草原上　我火火地东升

哦　小小尘世　我正侍弄我的心

我分明就是一只器皿

我分明就是一只器皿

在烈火中烧制

只盛清冽　潮信

盛金盛玉　都不般配

若看我的质地

那就把我打碎

我的脆响　也是一首光痕

针对这尘世

我要把诗切削得短点儿

因为人生只有寥寥百年

我要把诗钻研得深点儿

因为红尘已浮躁得出玄

我要把诗打磨得尖点儿

因为无数心灵已经苍白

我要把诗烧制得热点儿

因为这个世界亟须火焰

我的彼岸

直到今日我才明白

一耸山峦一条河道

一座沙漠一个草甸

乃至——

一头豹猫一匹苍狼

一袭流萤一株草芥

它们不仅有模样

而且有一千条理由存在

让我不得不低下头

连我的诗都再三参拜

天下小小

我的彼岸

随笔 让诗歌的光辉照耀我一生

记得少年时，我就对中国的汉字产生了好奇。一个好词，一首好诗，一个警句，我记在随身带的袖珍本子上。有时忘记带本，就找张白纸记下来，回家时再整理誊写。这样久而久之，我的作文从小学开始，便被教过我的所有老师所推崇。每次评讲作文，他们总在课堂上念我的文章。这些小小的成绩一直鼓舞着我，直到大学，作为班长代表应届毕业的同学发言，那也是赢得一片喝彩的。

参加工作以后，我进入了一段较长时间的迷惘期。我要做些什么？我这一生该如何度过？我思绪纷纭，焦躁不安，甚至寝食俱废。我要认真地思索和规划一下人生。人来到世上，是一种机缘。怎样对得起上帝的垂青，怎样不虚度自己的生命，为这个时代，为整个人类做点什么，这是我必须做出的回答。古人云："人无志而不立。"厘清思路后，本职工作之余，我便发愤读书。天文、地理、生物、化学，中国的、外国的，等等书籍，我都用心去读。尤其是康德和拉普拉斯的"星云假说"、霍金的《时间简史》、中国人民大学出版社出版的《地球成长史》等，对我的思想启迪最大，把我对天体和生命起源的认识，推到一个新的阶段。我把我及人类的一切，都拿到整个自然界去考量。在那几年刻苦读书的日子，全单位我是清晨第一个起床的，晚上我是最后一个熄灯的。那日子虽然清苦，我却是深感自得其乐，满有兴味呢！

做了全面的知识和生活准备后，我试着写作了。散文、杂文、小说，我都写过。通过比较，我以为诗歌这种文学体裁最适合我这个热血青年。这样，我就把其他创作搁下，主攻诗歌了。诗歌便于言志，长于抒情，为我所爱。我渴望着在诗歌领域有所突破。1978年2月，《河南日报》选发了我的第一首诗歌《纤绳》："没有水，船只搁浅；没有风，树叶不动；没有太阳，大地寒冷；没有理想，生活便没有纤绳！"诗虽短小稚嫩，却表达了我年轻的感受。我受到著名诗人王怀让的来信指导和热情鼓励。之后，我又陆续在全国各地的报刊上发表了一些诗作。尤其在河南文联的《奔流》杂志主办的"蓓蕾专号"上发诗一组，扩大了影响，初步在河南崭露了头角。

1984年12月，由于职务的升迁，挤掉了我大量的学习和创作时间。单位几百号人，几十个分支机构，业务开展等都得我去打理过问。我很烦恼。当"官"不是我所期望的。不过，为了读书、创作，在周六、周日，各种人我一律不见。我在恪守着自己的人生诺言，我在坚持着自己的人生方向。眼下，从1978年初发表第一首诗算来，树木已轧出三十三个年轮。而我已出版六部诗集，尚有三千多首诗的储备。生活对我不薄哦！虽然大部分是习作，但它清晰地记载着我攀登的脚印，以及我对生活的思考和生活的热望！

时光荏苒，日月如飞。眨眼间，我就五十有四了。虽然没赶上"青春诗会"，但非常荣幸地参加了《诗刊》举办的全国第二届"青春回眸"诗会，终于搭上了诗歌的末班车。这对爱诗如命的我来说，无疑是个巨大的鼓舞和鞭策。现在，我笃定不能像曹操那样写《龟虽寿》。我必须在生命的盛年，燃烧自己，锤炼自己，赶超那些虚掷的岁月。在历史的高点上思考生活、发掘生活、表现生活。

愿我的一生如诗，愿诗歌的光辉照耀我的一生，更愿我亲爱的人类在诗意中栖居！

青春再回眸，诗溢楠溪江

——永嘉·诗刊社第二届“青春回眸”诗会侧记

杨志学　赵　四　唐　力

集结：从瓯江到楠溪江

浙江永嘉境内流淌的楠溪江与众不同，在历史上某个时期活动于此地的“永嘉四灵”，是人们所熟知的诗歌史上的“唯一”。当然，楠溪江和“永嘉四灵”不会想到，在21世纪的今天，来自天南海北的诗人，会集结永嘉县，来朝拜楠溪江的清纯和圣洁，来寻觅“永嘉四灵”的踪迹和诗魂；更重要的是，他们要在这山水佳丽之地沉淀诗情，展开一场以“诗歌与时代”为主题的高端论坛，并奉献一批风格各异、折射出当今社会的波光云影、洋溢着时代生活气息的诗歌作品。

从总体上来讲，这是《诗刊》社的一件作品，或者说，这是《诗刊》社与中共永嘉县委、永嘉县人民政府合力打造的一件作品。

2011年5月23—26日，诗刊社第二届“青春回眸”诗会在浙江温州永嘉县举行。《诗刊》常务副主编李小雨、副主编冯秋子是这次诗会的领队，《诗刊》上半月刊编辑部杨志学、周所同、唐力和赵四参加了诗会活动。高洪波主编虽然未能到会，但他在出发之前的会上对这届诗会的开展做了重要部署和亲切叮嘱，如一定要尊重我们邀请来的诗人，要和当地党政部门密切合作开好诗会，全程注意安全，等。

本次诗会应邀诗人是：柯平、西川、欧阳江河、陈东东、林雪、大卫、商震、阳飏、马叙、漫天鸿、高崎。和首届“青春回眸”诗会一样，本届与会诗人仍由参加过“青春诗会”的和未曾参加过的两部分人员组成，其中前六位参加过“青春诗会”，后五位虽当年错过，却一直笔耕不辍，诗歌成绩颇令人瞩目。诗评家唐晓渡以特邀嘉宾的身份参加了本届诗会。

5月23日，我们在瓯江畔会合，随后向楠溪江开拔。夜枕瓯江是我们的诗人走向楠溪江的前奏。与瓯江比，楠溪江是远离市声和灯红酒绿的江，是澄澈的江。见到楠溪江之前，我们想象她的美丽；一旦扑进她的怀抱，她激起了我们的惊叹和内心的波澜。对远道而来的诗人而言，楠溪江是一条陌生化的江。我们刚要和她熟悉，却又不得不和她分手了。所幸拍下了一张张照片，聊作日后的回味吧。

开幕式：山水永嘉，诗人盛会

5月24日上午，第二届“青春回眸”暨首届中国“楠溪江诗会”举行了开幕式。永嘉县宣传部长郑秋文女士主持会议，中共永嘉县委副书记、县长张加波致辞。他欢迎诸位诗坛名家的到来，热情介绍了永嘉地理风物，遥忆人杰地灵的瓯越文化，回想中国工农红军第十三军的诞生，反思温州模式的发祥与发展，畅想“山水永嘉、诗意楠溪”文化品牌的打造，真诚希望诗人们多出佳作，以诗的方式宣传永嘉。

《诗刊》社常务副主编李小雨讲话，她强调美丽永嘉、壮阔瓯江给诗人们提供了诗歌与自然结缘、与心灵结缘的良好契机，并对地处经济飞速发展前沿地带的永嘉注重诗歌的推动作用，注重有利于精神文化提升的诗会承办举措深为感谢。她还创造性地展望将工业上的温州模式运用到诗歌中去，希望大家珍惜相聚，回眸历史，总结五湖四海传承至今的诗歌经验，并发扬光大。

浙江省文联领导柳国平、温州市文联主席郑朝阳分别讲话。他们亦都感念诗会可谓永嘉文学之盛事,体现了永嘉文化的魅力。

诗人西川代表与会诗人发言。他以“回眸”为主题词,层层回首。首先,他回眸百年中国,20世纪中国的多次重大历史转折,经济、国情的巨大变化,对诗人有着深远的影响。其次,他回眸七届“青春诗会”轶事,当年欧阳江河就是在医院看护生病的山东女诗人李晓梅时写下了著名的《玻璃工厂》,这些小事,现在回首,是对中国当代诗歌写作方式非常有意义的启示。再次,他回眸并反思世俗诗歌观——“诗歌是青年人的事”,而对“回眸”诗人来说,在青春的品质之外,使诗歌获得语言上,或是思想上,或是形式上的探索品质,才是诗人们面临的真正考验。最后,他坚定不移地认为中国当代诗歌取得了很大成就,例证是现在的孩子起笔写诗就具有了一定高度,他始终相信,中国的诗歌、诗人们是当代中国创造力的秘密发动机。

主题研讨:诗歌与时代

开幕式后,进入“青春回眸”诗会主题研讨阶段。

实际上,在诗会主题研讨之前,便已经举行了一场小型的研讨会,即“黄亚洲近作诗集研讨会”。会上,诗人们或论或谈或评或议,其势不免予人江水滔滔之感,对黄亚洲本人而言,可谓是意想不到的收获。黄亚洲感谢之余,也直言自己的创作体会:诗歌只有关注当下,面向广大读者,才会有生命力。“黄亚洲近作诗集研讨会”,已经涉及诗歌与时代的关系问题。难能可贵的是,接下来的主题研讨会,与会诗人均不约而同地围绕这一主题畅谈自己的过去和现在。

一、诗歌与时代紧密相连

诗人西川说，在过去的几十年里，中国的经济社会发生了巨大的变化，每个人都深刻感受到这一点。历史的分量会作用于我们的写作，使我们的写作在这个世界上获得一种非常特殊的质量。因此，现在回眸的不仅是个人的变化，也是回眸整个中国的变化。

诗人柯平以自己的写作经历谈到，1980年，他根据报上一则市长的女儿爱上了工人的新闻，创作了《市长，我爱上了你的女儿》，作品在《诗刊》发表，很快引起了强烈的社会反响。这也由此鼓舞和推动他写出了许多工业题材的诗歌。诗人欧阳江河满怀希望地说："中国历来就是诗歌大国。在这样一个千载难逢的盛世时代，我们应该用诗歌的方式把一些重要的东西集中呈现出来，向全世界做出独有的文化阐释。"

漫天鸿发言说，他是来向其他诗人学习的。他谈到自己在金融行业工作，正是因为读诗、写诗，有诗歌作为精神的支撑，他才保持了人格的清白。他倡导诗人们远离碎、小、个人抒发感情式的写作，认为与时代、人类进步相关的诗歌才能代表诗歌发展的方向。

诗评家唐晓渡认为，近代中国的历史、新诗自身发展的历史以及每个诗人写作的历史，构成了一个互为前景和互为背景的关系。不管时代的发展变化多么快，包括社会的、文化的、媒质的、技术的种种新因素急速变化，但诗人总要发出自己的声音，传达给未来的读者。

二、清醒面对时代的挑战

当下的现实也对我们的诗歌创作提出了前所未有的挑战。社会、经济的变化，使得人们的生活状态多元化，"浅阅读"趋向变得更加凸显，人们的精神世界也变得日益复杂。在这种背景下，诗歌如何发展，也面临着重要的抉择。

欧阳江河说，现在的写作赶上了一个转折时代，表现之一就是物质形态写作向网络电子化、信息化、虚拟化转变。在纸媒转向电子文本后，连写的文本也省略掉了，只有“敲”出来的文本。要知道，思想是有痕迹的，如果没有了写作时的手感，而只会敲打、选择、保留等，连修改的痕迹都找不到，这可以说在改变着写作的性质，会严重影响我们的创作。

诗人商震也建议诗人们多用笔去写作。因为汉字里包含着很多本民族的审美符号，汉字里有很多诗人们要挖掘、要体会、能产生顿悟的诗意，有时一个字就是一个故事或一段历史，如果一个诗人离开了手写，很大程度上就缺少了情感的大背景，缺少了缓慢沉淀下来的思想，会影响到诗歌的质地。

三、写作的当代性

会上，诗人们就诗歌写作的当代性展开了讨论。

诗人林雪认为，有时发展是需要一些障碍的，诗歌创作也是如此。种种困难对于我们的创作形成了压力，但我们要善于把它们转化为发展的动力，调动自己的全部智慧去征服和超越。面对新的生活，在现实的变化当中，诗歌写作应该寻找新的发展可能，积极探索，为社会提供更好的诗歌文本，诗人自身也在这一过程中变得更加强大、更有力量。

诗人陈东东说，写作实际上是在当下与未来间建立一种对话的关系。写作者所面对的读者可能是一个未来的人，诗人的内心需要有一个未来的定位，不拘囿现实之中。

在诗人大卫看来，最好的诗歌总是朴素的，应该是回归、体现本真的大美，这也是人生的一种境界，你有多少精神上的东西，自己就有多大的力量。

诗人阳飏说，诗歌应该成为人们生活中不可或缺的一部分。有了诗歌，生命中才有了轻与重的分量，有了飞翔与散步的选择，有了对于成熟的渴望。

浙江诗人荣荣、高崎、马叙、杨大力等也都结合自己的创作，谈了时代变化对自身写作的影响，并表达了对《诗刊》及“青春回眸”诗会的良好祝愿。

参加“青春回眸”诗会的诗人，全都交上了他们的新作。从这些作品中，可以看出在诗坛驰骋多年、取得了一定成绩的诗人，无一例外地在其作品中呈现出求新求变的自觉。如西川对现实和历史的深度介入、林雪对地域生活的丰富呈现、欧阳江河对当下生活的形而上的哲思，等等，无不敏锐地注视着时代的变化，以独特而深刻的方式反映出当代人真实的生存图景。李小雨说，现在诗歌活动在全国大量开展，诗歌不再是小圈子里的艺术行为，而是全社会、全民族所关注的活动，它证明了诗歌从来没有远离过现实生活，远离过生活中的人。一个热爱诗歌的民族是有希望的民族。诗歌使我们在现实的喧嚣中，重新反观自身，对自我和世界有一个重新认识，让人类的心灵之光永远闪射迷人的光彩。

研讨会结束后的两天时间里，进行了“中国·楠溪江诗会”采风活动。诗人们参观大若岩、陶公洞、石桅岩、丽水街、红十三军军部旧址等地，飞瀑、奇峰、异洞、危岩、江流，让诗人的心激荡不已。诗人们纷纷表示要写出优美的诗章，与山川共美。